只要心中還有溫柔就好

王琄

——你的認同與我無關
王琄最勇敢的大齡宣言

推薦序

輕盈自在的大齡新生

萬芳

我們很容易呼嚕呼嚕的就走到了二十歲，又呼嚕呼嚕的走到了四十歲，有一天呼嚕呼嚕的就來到了五十、六十、七十。「我是誰？」、「這真的是我想要的嗎？」這些問題可能會在某些時刻突然跑出來搗蛋。安安全全的跟著多數的價值觀走不就好了嗎？不要找自己麻煩了，也不要造成別人的麻煩，就這樣吧！但，就在「安全」這件事受到威脅的時候，我們終究還是要回頭面對那個先前被擱置的老問題。

我們被傳統的價值觀、輿論與認同綁架得頗嚴重，導致我們忘記了自己的獨特性，我們害怕很多事情，甚至我們發不出聲音。

經過外在世俗傳統與內在真實聲音的衝撞，王琄走出屬於自己的風采。從沉重的認同到輕盈的自在，她走了很多年，並且勇敢的選擇與面對。這份拆解框架的自信可以給很多女性力量。她的文字也帶給不同年齡不同階段的女性一個打開的、可以無所畏懼的思索，並且去接受生命的完整性，這裡面包括生老病死、勇敢與脆弱。

我喜歡她的觀察，喜歡她的叛逆，喜歡她不當受害者。

生命有階段性的意義，直到某一天回望才明白每個年齡的發生都有它的道理。

不管是不是大齡，看到有人可以如此誠實的看到自己，犀利的看到這個世界無稽的面貌，並且大步跨出去，是一件很爽的事。這可以讓女孩們重新理解「價值」這件事。

謝謝王琄的分享。

推薦序

打破不必要的框架！

林依晨

台灣正邁入大齡社會的階段，但不論何種時代，處處都有大齡者的存在，令人玩味的是，許多人敵視也避諱談論「老」這件事情，讓「老去」的景象彷彿成了全民公敵，但那是生命多麼自然的進程！

現在有太多的科技強調如何延緩老化、如何青春永駐，「凍齡」、「抗老」、「視老如仇」成了全民運動，可琄姊一番率直卻又真實的論點讓人心有同感也拍案叫絕：「更替之年就如同四季節氣遞嬗……如果更替時節來到，還將樹葉全部塗成綠色、花朵保持豔麗、唯塑膠之類可為也。」不同生命季節有不同的美，我想做個順應天地時序、嘗盡各階段狀態的自然人，而非勉強留住不屬於自己年紀、硬撐著讓他人看了也渾身不自在的「尷尬（不）美」……

若整個社會的價值觀，是將男男女女當作新鮮水果來販賣，色相好壞是唯一評判標準，難道所有不再年輕的人們，都得陷入恐慌嗎？難道我們就必須朝著這單一標準靠攏嗎？為達不到標準而痛苦茫然失措嗎？「他人的認同是否主宰了我的存在價值？」這句話，真的當頭棒喝了我。在短暫的生命旅程中，我們既想獲得認同，又想移除認同，因它帶來幫助卻也代表著限制。我想，得到自我認同，才會有最終極的快樂與滿足，而這，真的無關皮囊或年紀。好喜歡那句：「接受不完美的自己，才能接受還在整理中的他人。」能有這樣的心態，本身就很美。

另一種綑綁人們的價值觀／社會認同是成家生子與否。許多人選擇單身過生活，卻得承受不少來自家人、朋友，甚至社會觀感的逼視，可是選擇怎麼過生活、跟誰過生活，不該是一個成年人最基本的權利嗎？「我可以一個人而不需惶惶不安嗎？我可以離開社會的群體概念單獨一個人生活嗎？我可以發展自己喜歡的生活模式，隨時來去自如嗎？我真的可以不用在乎他人的規範仍自由自在嗎？」一連串的自我提問，在玥姊心中，似乎隨著年歲的移轉，已然漸漸沉澱為肯定的答案，或許不論單身與否，我們其實都渴望，也的確需要那種「單獨但不孤獨」的狀態……

而在現下這個混亂的時代，很多人已選擇不再為符合社會認定的「標準人生順序」，或遵從長輩的期待而繁衍後代，當然，也有一部分心心念念著想要孩子卻無法如願的族群。無論如何，生命的延續總是令人喜悅，但我們也需思考：孩子是我們拿來完成自己未竟夢想的媒介嗎？是為了雕琢出心目中一個無法成為的完美人形嗎？還是只為了給家裡一個傳宗接代的交代呢？非常欣賞玥姊對「無子」這個概念的延伸思考：「善待自己，聽從自己內心的聲音，那麼我們還是有可能，讓自己內在的小孩長成自己真正想要的樣子（重新形塑自己的概念）」、「不需將期望投射在下一代身上，想做的事自己去完成」、「無人不是自己的孩子，無界線地去善待每一個孩子」。

在我看來，這本書並不單為大齡單身者而寫，更多的是試著鬆動也讓不同族群受苦的種種社會觀念桎梏。我們身上都有好多框架，看完這本書，我發現好多根本不必要！

自序

我的溫柔，你看見

當自己進入人生下半場，有些慌張，有些惶惶。而心中一直有個時鐘在響，似乎提醒著自己，時間開始倒數計時了。這個滴答聲彷彿配上愛麗絲夢遊仙境的兔子先生，拿著懷錶急切地說：「來不及了，來不及了」，那大約是發生在年過四十的時候。

今年五月底遠赴美國雪士達山，整合多次元自己的靈修旅程中，竟然在最後一天早晨，於街頭看見一位流浪漢，穿著「兔子先生」的衣服和我擦身而過。這位兔子先生如果出現一次就當它是個意外，是片風景吧！但是，在晚會的戶外涼亭，兔子先生他又再度出現，真是讓我太震撼了！

「時間」是什麼？《只要心中還有溫柔就好》這本書是一個女子——在「我」的時間流程，很線性地看見自己的成長與改變。就如同每一位大齡女子可能也走過的路、擁有的心境，並不特別。在書中，我梳理了自己的內在成長與外在變化，以及種種可愛和不堪，像一個絮絮叨叨的中年婦人（哈，我是，我承認），其中有的不安及恐懼，與每一位行至此處的人們，都一樣充滿了人生故事。或許是想自救、想在大齡活得自在又自信，讓心中保有溫度地繼續好好生活；於是，「認同」成了首要面對的課題、「接受自己」成了最尖銳的坎兒。

「分享自己也是對世界的服務方式吧！」在書寫的過程中，我不斷安撫自己，給自己信心。因為，我知道每一位願意拿起這本書的你，都可能走在與我同樣的路上、經歷同樣的心情，有著無法告訴他人的困惑！如果這種溫柔能陪伴每一位拿起書的你，或笑一下、或哭一會兒，或沉思或勇敢，都好。因為接下去的生活，就可以活得更自在而且美麗，展現屬於自己的風華。

祝福我們都會找到屬於我們心中的那一點溫柔，那一道光。

謝謝我敬佩的萬芳好友撰序推薦，她真是好的典範，活得如此精采。

謝謝我喜愛的依晨，隨時都展現自己的美好，服務他人。

當然要感謝麥田出版社及副總編輯秀梅、靈巧責編桓瑋的信任及鼓勵，讓怪怪思維的我，不會害怕表達與分享。

能成為現在的我，除了家人，更是許多相遇的朋友、事件、時間所累積而成。感謝世界、感謝每一個次元的豐盛。

目次

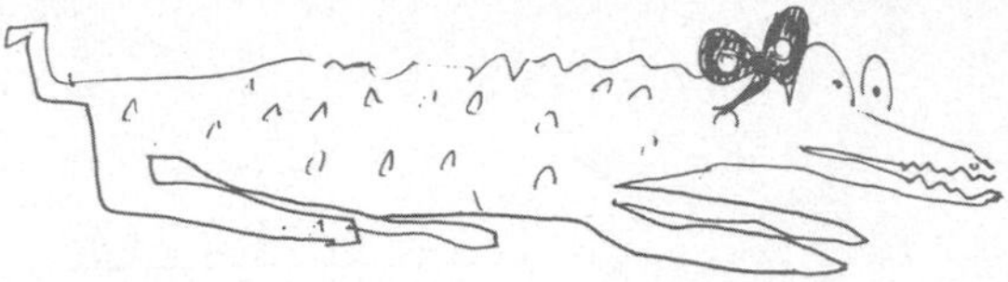

輯二 愛，要睏不要困

女人呀！我們曾幾何時真正喜愛過自己？
為何需要不斷在他人眼光中找尋自我的價值，
由親密行為去確認自己值不值得被愛？

輯三 我和我們在一起

輯四 把大齡變達令

輯一

大齡，不怕

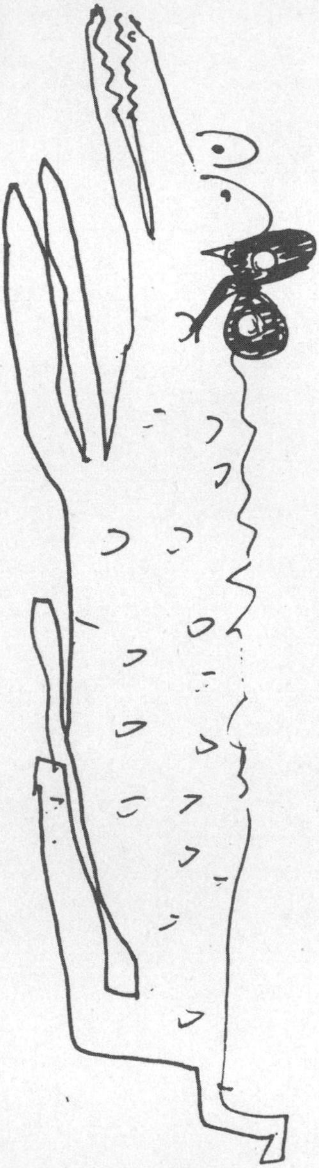

高中正值妙齡，不愛講話、喜歡僅用一雙眼觀察世界。眼神充滿疑惑，不斷往外尋求解答，但一顆心卻是如此無懼；原來妙齡時期的我，早有了不理會外在目光的勇氣。

大齡，瘋狂之道

我希望自己有一種「管他媽媽嫁給誰」、
不理會外在世界目光的勇氣，
也可擁有將「干我屁事」當座右銘的率性。

每個人都有恐懼，每個階段也會有恐懼。

年輕時害怕輸、怕不成功，怕考不好、怕丟臉、怕滿臉痘花、怕長不高，又怕長太高，怕太胖、怕太瘦沒胸（女生），怕被罵、怕功課多、怕沒零用錢、怕蒼蠅太多又怕沒蒼蠅，怕……很多沒來的未來，但也什麼都不怕，因為年輕，沒再怕。

大齡的恐懼比青春的害怕深得多，而且深似海呀！

體力不如以前，腿不再健步如飛，齒牙開始動搖，更年期逐漸逼近。年輕時怕沒錢，現在更怕；所以，對錢的花費計算精密。怕過胖（因為三高），也怕過瘦（肌肉量不足，內臟、骨骼無法被保護），怕沒人追求（因為魅力盡失，被放在老人回收區，傷自尊），也怕太迷人（可能引發社會事件），但有一怕是年輕時候沒想過的：死亡。而這份未知的恐懼，可能是所有恐懼的總合吧！

記得自己上一次站在泳池中是二〇一六年，而再上一次是一九九六年。所以，相隔二十年後我才再一次面對自己不會游泳的事實。海島的子民——我，從小對水懷有一段相敬如冰的距離，而長成妙齡女郎時，才在「蒼蠅」的帶領下學習游泳（追女生的招數），那真是一段美好的池畔回憶！而這一游，就隔了二十年後才下水。但這次不是「蒼蠅」，他是真正的游泳教練（有執照的），也是表演課的學生。當得知我二十年沒下水了，便主動請纓要教我，我也覺得是時候來面對自己的「恐水症」。

相約在泳池見面，整個人都緊繃了起來，教練帶完暖身，將我放至大人深池中適應水性，腳走著走著就踩不到池底，我恐懼地往水淺的地方移動，然後矗立水中，一動也不動……其實看著水中蛟龍般的一條條小鮮肉，心中也是一樂一享受！教練游了數趟回來，看著我依然屹立不游，非常技巧性地將我帶到兒童親子池，他說：「老師，這裡很安全，而且都是不太會游的，所以，請放心。」我心想：什麼都是不太會游，根本就是兒童尿床池吧！不只是很安全也很丟臉耶！接下來他又說了：「你在這練習一下，我去專業池游兩圈就回來。」放眼望去，都是父母親或教練帶領小朋友們，好開心的學習成為水中蛟龍，看著一條條小肉腸在水中載浮載沉，其實也是一種享受。

教練游回來了，問我游得如何？我倒吸一口氣說：「還沒開始，我還在適應水性（其實教練離開到回來已經過了四十分鐘）。」他說：「那我們要不要改天再來練，今天人實在多了一點（他好給我台階呀）。」我說：「我可以的。」接下來便立刻深吸一口氣，看著孩滿為患的游泳池，腳一蹬、手一伸，划出去了。

那時，我整個身體像深水炸彈般，沉得好深好深！一口氣能游多遠，我就划了多遠，然後站起來看見自己距離池邊真有了一段距離，心中一股竊喜浮現（什麼恐懼，沒再怕的啦）！此時，教練立刻「走」過來（真的是用走的）說：「很好，身體可以放鬆一些，你先這樣練習，然後再來練換氣。學會吸氣吐氣就會游泳了，就像你教我們表演時，要放鬆要呼吸一樣。」天啊！真是隔行如隔山！

恐懼是個陰影，我將這份恐懼從輕熟女時期，擱置到大齡，陰影的面積也是與日俱增。這份恐懼似乎和死亡有些關聯，可能是因為不能呼吸、不能掌握、充滿著變故吧！不會游泳真的沒什麼大不了，可是，它與內在對死亡之未知的恐懼有關，那我就必須勇敢地面對這份死亡陰影。因為有機會再一次下水，再一次面對自己的恐懼，決定立下一份挑戰清單：水肺潛水練習、橫渡日月潭、跳傘、高空彈跳（二十五年前在澳洲旅遊，當下一個輪到我跳時，我落跑了）、爬玉山、走庇里牛斯山朝聖之旅等等。我是這麼想的：現在雖然大齡，在體力、智力都尚可時，多準備一些勇氣，去面對那些可能致命的危險，往後也才更有勇氣去面對生活中的種種不確定。而這些恐懼到底有多真實？或根本虛幻縹緲呢？

在體能狀態尚佳及智力清晰的現在，我願意多花些力量面對自己那些脆弱、害怕的內在，清理過往種種認同所造成的行動局限及不自由，找回青春年少「沒在怕」的勇氣。也不願費神去想昨天×××怎麼用那種態度對我？或某某某是不是覺得我不迷人了！還是幻想自己恐怕生病了？躲在自設的黑洞中催眠自己老了、醜了、沒人要了！

大齡應該是美好的年齡呀！

我希望自己有一種「管他媽媽嫁給誰」、不理會外在世界目光的勇氣，也可擁有將「干我屁事」當座右銘的率性。只因這個時候的我們，必須在身體健康、心智清明的此刻，找到對自己有幫助、能釐清世界（外境）與自己（內心）的信仰（與宗教不一定有關）。此時尚不用花力量去修理身體（平常保養得宜，那就更輕鬆自在），內在也因生命歷練有了些智慧結晶（不要是結石就好），如果再加上願意挑戰的勇氣，大齡呀大齡，真是可以優雅也可以瘋狂的年紀呀！

人生幅度原來也可以不局限而能如此寬闊；電影《瘋狂麥斯：憤怒道》反映出憤怒也是道，那麼大齡呢？似乎瘋狂也是條「道」！

大學聯考後的同學聚會，我（左二）與大家並排坐在牆邊，穿著短褲、比誰的腿最修長；青春正盛的友誼，原來是如此純淨、無比幸福呀！

焗烤幸福

我喜歡生命有限，
因為有限而幸福感才夠深刻。
每個當下的全力以赴，對我而言就已經是生命的永恆。

我覺得很幸福，因為「有限」。

母親過世時，自己完全像掉進深淵，無限地下墜，覺得心好像破了一個大洞，很大很大的一個無邊界的洞。聲音整個降了八度，不愛說話，因為喉嚨會痛，最慘的是當時還在演出歌舞劇。「生命會找到出口的。」就像電影《侏羅紀公園》中說的。為了自救，我將自己拉出無底深淵，去上了政大的「死亡學」。

教授很開放地用電影談「死亡」、談「時間」、談「重設」、談「發現生命的價值」等等。其中「時間」的概念最有趣，教授要我們回去想：如果「自己不會死，會做些什麼」？指的是想盡辦法希望我們從「有限的時間」，一生八十、九十、一百歲的人瑞高壽中，將框架打破、視野拉高，就是可以「萬萬歲」的意思。在這樣的條件之下，自己會做些什麼呢？哇！這不是太棒了嗎！反正想旅行、想賺錢、想一直讀書，想當作家、演員、明星、助人者、總裁、CEO等，人生各種角色行業都可以去試。因為有的是時間，所以可以犯錯、可以重複練習直到熟習，可以擺爛什麼都不做，但還是「有的是時間」；由於不會死，所以一切都不會結束，會一直一直一直一直，直到一直。

天啊！想到這裡，就覺得好可怕喔！因為「無限」反而成為自己的牢籠，電影《奇異博士》就是用這個方法，反制了黑暗力量，將「黑暗力量」也困在重複的時間中，永無止息，於是「黑暗力量」就被逼退了。所以，老師那時給的題目，反而讓我看見「人生有期限」的價值，因為一有期限，可以選擇自己最有興趣、最喜歡的目標去從事，去發展屬於自己的天賦。因為有期限，所以青春妙齡、繁花正盛時，必定年少輕狂；而進入大齡階段，優雅著身，智慧日增，風華精采，放手自在。而我，現在進入這個階段，看著青春後輩滿身膠原蛋白，以及Q彈緊緻的肌膚、用不完的精力熱情，似乎要耗盡整日電力才肯放自己一馬，似乎活著像沒有明天一般灑脫，我明白那是因為他們的時間真的還很多，日子還很長。而現在大齡如我，則明白時間非常有限，要善用每一分每一秒，有種分秒不空過的珍惜，明白太陽近黃昏，很快就天黑了。因為有限，我反而自由，不再在乎他人眼光，只想爭取時間做更多有趣的冒險或探索；因為有限，我更自在，懂得喜愛自己、對自己好。

前一陣子，與二十年前的新加坡朋友見面，她瘦了近二十公斤，她說她離婚了，她說她戀愛了，她說她愛上坐在我對面的那位可愛小姑娘。她說她活到中年，婚也結了、離了，孩子生了、大了，而她自己又是誰？以往的她，總是不知不覺把生命給弄丟了……現在，她走到大齡的現在，正冒著離開舒適圈的風險，無視家人以為她瘋了的眼光，將過往倒掉，重新找回自己；她不確定這到底是對還是錯，只是，她知道自己沒有時間，不想錯過。

我靜靜地聽她說話，她臉上散發的光彩是以前從不曾見過的。我真是為她喝采——好樣兒的，大齡女子。一年的時光有限真好，因為會有四季的變化，風景各自美麗；

生命有限真好，可以不用持續勞碌或無聊；青春有限真好，因為階段不同，體驗成長、拿起放下都是風景；自由有限真好，因為可以善用它所給予的各種可能，發展有益人生的活動；體力有限真好，因此不浪費在無用的活動上；勇氣有限真好，如此就不會出現匹夫之勇啦！

「大齡」是有限生命舞台上最穩定的那個角色，可以活動自如，但又穩重如山；可以雲淡風輕般過日子，但也有足夠智慧去分享給晚輩後生。可以坐看雲起，也可以參與風雲變化，完全是可進可退的絕佳角色。

台灣有一種集體迷戀青春、恐懼老年的症頭，凡視野所及，都要凍齡人生：回春拉提、重返二十歲……而無視滿街大齡女子、中年阿桑與垂垂老者的大數據。繼續渴望「青春不老」，人人都要「萬萬歲」了，集體思維都成了秦始皇的幽靈?!

我喜歡生命有限，因為有限而幸福感才夠深刻。

政大「死亡學」一學期結束後，對於生命的有限充滿感謝。每個當下的全力以赴，對我而言，就已經是生命的永恆。

因為有限，全然當下，因此感恩，變得勇敢。因為有限而有了無限。

一個人的惶惶

為什麼離開婚姻不能高調？
就像離開不適合的學校，是幫助學習及成長，
離開了不好吃的餐廳，是為了保持自己對食物美味的堅持。

成群結隊、集黨結社、姊妹淘、閨密……等，以上都來自於人的發展需要，在安全上的社群保護，彼此分擔生活壓力及共享生命經驗。但，人可以單獨嗎？如果自己就是一匹孤狼可以嗎？女性可以嗎？

柴門文的漫畫，在我正準備跨出婚姻前，陪伴我去思索自己為什麼還要留在婚姻中。是恐懼一個人的未來，還是在意社會價值觀與他人的眼光？是擔心沒有經濟能力照顧自己，還是無法向父母家人、親朋好友交代？問題是向他們交代什麼呢？可能是曾經辦過婚禮，邀請了這些人吃喜宴，紅包也收進自己口袋裡了，突然離婚不交代說不過去……那麼，就辦個「離婚宴」昭告天下吧！反正「錢」都是他們自己吃掉的，就當去大飯店吃個豐盛餐點，順便還有熱鬧的「戲碼」可以看！

為什麼離開婚姻不能高調？就像離開不適合的學校，是幫助學習及成長，離開不好吃的餐廳，是為了保持自己對食物美味的堅持；而離開不適合的婚姻及對象，或許也能理直氣柔地告訴對方：「謝謝你，我試過了，也調整了；但是，婚姻發展到這裡，我無法再繼續下去。我們『離婚』吧！」總是這樣，當「離婚」二字出口，立刻就有了是非對錯、黑白輿論。為什麼呢？世俗婚姻概念中，身為人的獨立自主及個性思維就要收拾起來，不然會危害關係，唯一可以逃離的方式就是讓對方成為加害者（或許身體、或許言語、或許找第三者來幫忙），而自己就順理成章走上受害者角色，證明給對方看我們彼此真的不適合，快放我一馬吧（哈！其實是我放他一馬）！

婚姻很像一面照妖鏡，而且是會放大所有毛細孔的那種。照久了，完全忘記自己原來是什麼樣子，之後就成了哈哈鏡，只能在其中睜一隻眼、閉一隻眼，直到不再照鏡子，讓自己眼不見為淨（我還沒走到哈哈鏡階段，就落跑了）！

發現自己有段時間必須成為「受害者」角色，才能面對家人和朋友。可是，心裡卻有一個小聲音高興地響起：「我又可以單獨了。」但是，這個小聲音如何告訴他人呢？但似乎也與他人無關，只需要和它在午夜夢迴時對話：「我可以一個人而不需惶惶不安嗎？我可以離開社會的群體概念單獨一個人生活嗎？我可以發展自己喜歡的生活模式，隨時來去自如嗎？我真的可以不用在乎他人的規範仍自由自在嗎？」這些對話，我問過自己千萬次，也隨著時間推移的驗證下，十多年後的大齡姊姊——我，真的有發展成理想的生活樣態：我是單獨但不孤獨，有各種領域的好朋友社群，支持並溫暖著自己。一個人的旅行成為每年樂事，沉澱身心，發現自己從未冒險的領域。平日持續與愛健康、愛美好的朋友保持互動；但偶爾也需來點負能量，就去召喚夜生活朋友一起喝個爛醉、抱怨一整晚。不過，這種夜生活真的很傷，隨著年歲遞增，身體復元期也愈來愈長，就偶爾為之啦！

大齡的自己，常常在夜半人靜時醒來，空空的房、大大的床，心裡的念頭竟然是：怎麼不是一覺到天亮？怎麼會醒來？我要來研究一下是身體哪個微量元素下降不足，還是內分泌不平衡了？有時又再反問自己：「我會感覺寂寞感到冷嗎？」真的不會耶！是不是太怪了？

女人哪！我們內在都有兩股能量，一股是生氣勃勃、充滿生存活力的陽性能量，一股是依賴乘載、期待支持保護的陰性能量。不過，千萬別被外表的性徵完全決定自己的平衡與否，唯有陰陽能量交互發展，自體內的平衡才會產生。舉例而言，如果空空的房、大大的床讓人淚潸潸，感覺寂寞感到冷，而進一步沉溺其中，覺得自己很可憐，是個沒人喜歡沒人愛的大齡阿桑，看待人生盡是一片黑白不再有色彩，這種夜半腦波的暗示最能產生負面效果。如果不相信，可以試一次，包準你隔天早上醒來，身衰體敗、全身筋骨痠痛，並且臉腫眼泡，呈現一夜思春沒睡飽的窘樣，所有身形樣貌完全照著昨夜腦波的負面暗示，一一顯化在鏡前。

所以，怎麼吸引人呢？每晚都「那樣」暗示自己，自己也就長成了自己暗示的樣子。

而我，一個人，每天晚上都會與自己的身體對話：感謝身體這一整天的辛苦，感謝一整天的平安，如果自己貪食、吃錯食物造成它的負擔，明天一定改進。不能虐待身體，讓身體不開心。並感謝被單如此柔順、包覆著我，讓我可以安然入眠，感謝空氣中的香氛氣味，讓我有如置身在大自然中的放鬆，感謝……

我每天早晨看著鏡中的自己，精神好、氣色佳，唯獨還是「小腹人」，不過，也很美呀！

「婚變」是個負向字眼（在一般認知裡），但，如果「變」是人生常態，也就應該接受它。雖然一個人的時刻，偶爾也會冒出接下來該怎麼發展理想生活的疑慮，此時，我就告訴自己，應該先負起我對生命的責任，離開「受害者」心理狀態，千萬別成為「加害者」的角色；更不要倚老賣老，當起拯救他人的觀世音。因為，我們都必須成為自己生命的創造者，即便身在大齡時刻。

擁抱無子年代

無子年代來臨，少子化的必然趨勢，
似乎在提醒著我們，別再將期望投射在他者身上，
想做的事、想冒的險，由自己完成吧！

「愛」已經成為生活口號、日常用語的今天，對於這個「現象」，我有一些另類觀察及想法。

愛要如何傳遞？「愛」這個說不清、道不明的字，該如何展現？是否一味的付出就叫愛？還是生個孩子來證明「愛」的存在？抑或找個「對應物」來投射愛？寵物即是其一、收集癖也是；三不五時拿存摺看數字，當然更是。這些被投射的「對應物」是不需言語、任人擺布、沒有自由意識的。而孩子就不能如此對待了，更別說是活生生的關係人（包括夫妻、朋友、上司、下屬……），那份老天爺給的自由意志，是人人皆有、無法被糾正剝奪的，除非個人自願改變或退讓。當然改變來自主動，退讓則是被動，這又是另一個題目。

說說孩子吧！

全世界都流行「少子化」，大到有人擔心人類會滅絕，細節到沒人送終捧斗。果然，看來「孩子」是人類繼起生命之必要。

但，有人問過「孩子們」嗎？尚未出生已經成了人類世界大救星、家庭婚姻挽救者。如果真的可以有個出生前的會議討論，對於背負如此重大責任的命運，他們可能必須練就大無畏勇氣，或是入凡胎前要多喝些孟婆湯，好讓自己不記得使命，忘了害怕吧！

而我（其實是集合名詞），目前單身、無子，處於有穩定收入、風韻成熟、身體愉快、心靈健康的半百之年，回頭整理那可以生育的階段，是錯過了時間，還是骨子裡根本沒打算去「形塑」一個生命呢？

「形塑」，是有意識地去創造一個對應體，在這種狀態下，就如同藝術家在創作一般神聖，如同造物者打造的微型現象。

而我，可以在無子、單身的半百歲月中，重新形塑「自己」嗎？可以讓自己「重新出生」嗎？重生自己像極了《班傑明的奇幻旅程》，倒著長，愈活愈年輕，愈活愈純真。

我是我自己的孩子。

我成為我自己的形塑對象；如果有個孩子，我想像他將會長成什麼樣子，是活潑、自信、善良、好奇？愛冒險、喜愛世界、樂於貢獻自己的才華？還是渴愛、渴求功名利祿？或是安居樂業、平凡樸實？……每一種都有可能，我都可以在自己身上做「活體實驗」，每天玩出不同角色特質，總有一個是我最擅長、最適合的；就算扮演練習失敗也無所謂、也不自責。因為，是自己決定自己的角色路徑，而非他者，無怪父母、政府、社會、人群。

我就是我的孩子。重新養成一個自己喜歡的樣子。

戲劇角色中，我經常（百分之九十九）扮演母親。

教學中，我有許多的學生。

整理這些關係後，得到一個簡約答案：我是娘、我是媽、我是母親，他們都想當我的孩子，而我也成為他們某種形式的家人；所以，家人、孩子與血緣似乎也可以沒有直接關係了吧！

友善的對待自己，讓自己成為自己理想中的孩子，不強迫自己成為什麼人，而是順性適才的讓內在重新生長，就能將自己重新生出來。

允許自己重生後，也就發現別人也可以擁有同樣的可能，於是學會善待自己，也看見他人需要時間，學著善待那奄奄一息的內在小孩。

無子年代來臨，少子化的必然趨勢，似乎在提醒著我們，別再將期望投射在他者身上，想做的事、想冒的險，由自己完成吧！

「無子」或許是一種擴張的概念——無人不是自己的孩子，無界線的去善待每一個孩子。

我無子，我可以善待我那無限多的每一個孩子。

看見

單獨是我知道我是一個人，我接受我是一個人，
我進而享受我自己陪伴自己的時光，
我成為我自己最初的旅伴，最好的朋友。

愛上旅行是什麼時候？

可能是先從一個人在居住環境附近開始小探險吧！我喜歡居住在有歷史的舊社區，例如中山北路雙連街、新店中央新村或是同安街紀州庵一帶等等；老建築、老市場都還保持著懷舊的氣氛，人與人是有溫度的，會打招呼的，環境是有故事的。尤其我喜歡「老東西」是從妙齡就開始了，從小跟著媽媽上傳統市場，看見母親們如何彼此支持與分享資訊（學習孩子們從台北帶回來的新資訊）；這種「看見」很神奇，是一種發現與理解世界的方式。

旅行也是，也是一種「看見」，看見不同於自己視界的色彩，衝撞著自己原有的思維框架，省思自己如何活成這樣；就像照鏡子一般，外在世界是個稜鏡，清晰地照見自己的狀態。當然，旅行中有旅伴是好玩的，可以分擔許多包括金錢、情緒、不良對待後遺症、討論或發現生命中的困境與陪伴，甚至放大對某人的不滿等等。但種種感受都會在回國後隱沒一段時間，卻又於討論下一趟旅行時被想起來，甚至包括上次旅途中種種令人反胃的相處，但又基於好處（分擔費用、規畫完整），還是被揪團成功了。

因為大齡的關係，我偏愛自己一人或是小團自由行。

一個人的旅行，很單獨，可以立馬出發；ibon 打票、網路訂房，搞定！獨自到了異地，入住飯店時，心情喜孜孜、暖洋洋地想著，終於可以抽空出來走走看看；櫃檯服務人員立刻詢問：「王小姐，幾位？」我說：「一位。」她馬上抬起頭來看著我，重複說了一句：「一位？」我再說：「是的，一位。」她最後幽幽地回答：「歐～」這一聲「歐～」，好複雜，基於年齡、閱歷、經驗及職業（演員）的關係，我解讀她的潛台詞是這樣說的：「一個人出來住飯店好可憐，她怎麼沒有朋友一起跟？好孤單，她一定是發生什麼事情了，心情很糟才要出來散心，要多注意她一下才是。」

我確實得到特別的關注電話了，隔天晚一些下樓吃早餐，電話響起：「王小姐，你今天還沒下樓吃早餐唷。」櫃檯人員問道。「要下樓了。」我回答。心裡還想著：「嗯……是這家飯店服務員貼心，還會關心客人有沒有下樓吃早餐呢。」才走進電梯，心裡又有個小聲音說：「她是怕我一個人旅行會想不開吧！」對呀！我怎麼沒有想過這一點？原來，單身大齡女子單獨旅行是奇怪的行徑，是孤獨的象徵，是危險的訊號，是情緒低落的出口，是讓人提心吊膽的行為。似乎大齡單身女子，最好參加進香團拜拜、團體活動之購物血拼行程或是社區為長輩辦的三天二夜之上車睡覺、下車尿尿的活動，因為，集合成一個大單位，便於處理大齡的孤單、寂寞、無聊的日子。

以上種種根本是歧視！

大齡單身女子，是單獨的，不是孤單的；孤單是會成天唉唉叫，為什麼我是一個人？為什麼我這麼可憐、沒人來愛我？我已經是花都要謝了呀！老天爺送個伴侶給我吧！而單獨是我知道我是一個人，我接受我是一個人，我進而享受我自己陪伴自己的時光，我成為我自己最初的旅伴，最好的朋友。真心的愛上這份簡單，因為沒有他人打擾，而能更深入地看見：什麼是自己真心喜歡的，而什麼是不能接受的。

二〇一六年七月，一個人的不丹之旅，對自己「單獨的看見」，有了新發現。

原來這趟旅程是陪好友去療情傷，她主動我被動，所以，我什麼都沒準備，她都「傳厚厚」（台語「整理完備」之意），沒想到，她突然接下一個演出，決定延後出發。我呢？也不知哪來的決心，就依然故我地準時啟程；面對什麼都沒準備的我，在她百般勸說仍無效時，也只能祝福我一路勇敢。

到了不丹，當地導遊問我：「你一個人嗎？」我說：「是的。」他給了一個「哇哇嗚～～勇敢！」的眼神，我頓時有種被鼓勵的感動；因為不丹這個國家，對大齡單身女子的一個人旅行，沒有歧視。整個過程中，大齡女子像是經歷一場奇幻之旅，找回妙齡少女般的冒險勇氣。

因為，旅行才能「看見」真正的自己。

因為，單獨的旅行，才能展現那個神一般勇敢的自己。

因為，大齡又單身的我，選擇勇闖天涯，走出自己的舒適圈。我的害怕及擔憂，也在一次又一次的嘗試中消融了。於是，更加看見自己是單獨而不是孤單。

黑箱作業

暗黑產生的力量，擁抱它之後，
像吃了酵素般，排毒清理了自己。

朋友說：「人過了一個階段之後，年齡就不重要了，而是一種風格，一種生活態度……智慧！」我在思索，這是什麼意思？年齡不重要嗎？還是到了大齡階段，那數字成了不好說的祕密？

逃避心態是某種對現狀不能接受、又無法改變的自救方案。暫時逃離那令人無法直視的年齡「大數字」，直到重新找到面對的勇氣，再走出逃避的黑洞！

於是在這黑洞時光，只有自己、沒有他人的狀態下，必須不斷面對過去種種關係對待、愛恨情仇累積成現在的自己，看著看著就害怕了、就哭了。害怕的是那喚不回的青春時光，曾以為時間多的是，大把大把瀟灑揮霍，曾以為自己是神明眷顧，狂吃熬夜不會累、不易胖。哭的是原來人人時間一樣多，神明是公平公正不公開祕密的，原來自己仍是會累、會胖，結果老化找上門時，才驚覺一切都來不及了，要開始保養身體、進場維修或是養生生活了。

另一方面，心靈也要讓它平靜、平穩、平安才行，不然，日子會憂鬱、色彩變黑白。朋友失聯的要找回來，翻臉的也可以和好。生活不能再恣意妄為地過，節制成了信念：吃要節制（怕三高、胖了傷膝蓋）；運動要節制（怕運動傷害復元期太長）；上網要節制（怕眼睛老化太快、白內障）；發呆要節制（怕失智找上門）；說話要節制（不能得罪人，朋友已經所剩無幾了）；胡思亂想要節制（怕要去掛號老人憂鬱門診）；親密關係要節制（怕要了老命）；寂寞要節制……但，寂寞怎麼節制？在黑洞時光待久了，會製造更多的寂寞。於是，生活態度就出現了：因為懂得節制的藝術，所以在人際上不計較，在工作上包容犯錯，在飲食上吃對的食物、更加有意識，在關係上睜一隻眼閉一隻眼，在行動上立刻出發，不再蹉跎等待某人某時機才去做，心情上保持正向樂觀的態度，穿著打扮更找到適合自己的品牌，質感優先、流行放下……以上所列就產生了大齡女子的一種感悟，一種淡定的生活態度，閱讀書籍也從「如何成功」之類的主題，轉向「大齡好，生活妙」的成長書籍。

前面一大串反思，是來自我對「年齡不重要」的再看見。因為年齡很重要，當「大數字年齡」來到時，我才認真思考自己青春年少的生活、心態如何影響我的每一天每一刻，自己是如何在同一件不快樂的感情上，可以糾纏數年、自虐傾向嚴重，明明事件早已成為往事，卻依然活在雲霧裡，持續扮演受害者的可憐角色，怪他人害自己活得不好。直到不惑之年，才覺得自己快被爛情緒溺斃了，被持續不散的霾害搞到快窒息。

當然，黑洞時光也可能往負向思考來發展，只願意看見自己的曾經——青春揮灑、熬夜狂歡、體力無限、桀驁放浪、不合作的帥、不妥協的酷、做自己的爽。而不願面對的真相現實是：皮皺髮稀、色衰體弱、齒牙動搖、醫院常客、滿口批評、滿心悔恨的咒怨式生活態度；當然，這也是風格。

我在黑洞時光整理自己，總想在人生下半場活出屬於自己的風格。而這段時光是清理自己，對自己來個大大斷、捨、離的龐大工程；外在是清理多餘物件：衣服、鞋子、信件、書籍、文具、日記、雜物、獎狀、紀念品等等。內在則是向不堪的記憶說再見前，先道歉再感謝，最後以吻封印送入宇宙圖書館。

「輕盈」成為我現在的信念；購物衝動很節制，只買「必須」的，不買「想要」的。人際關係上，淡淡的滋味長長久久，珍惜當下相處時光，絕不看手機或處理外務。承諾他人一定使命必達，所以，不胡亂答應，說到做到。親密關係擁有無限可能，看見對方優點，彼此互相尊重欣賞（雖然仍有考驗，但，冒險一試囉）。工作態度隨緣自在，當下全力以赴，如此而已。因為「輕盈」的心態主導著我人生下半局，而這份「輕盈」，便是妙齡時光給我的禮物，因為妙齡時，總覺得要有分量、要有存在的札實感，所以在愛情、心情、工作態度、人際互動上，無不充斥著沉重壓力，好讓自己覺得活著；然而，也因為妙齡的沉重，才有了今天大齡的輕盈。

沉重與輕盈都是過程，都是體驗，都是自己。

暗黑的自己，暗黑中的省思，暗黑產生的力量，擁抱它之後，像吃了酵素般，緩緩排毒，並清理了身心。

不！不要被老擊敗喔！

檢視現在的自己還擁有什麼、哪些是喚不回的事實，
原來現在比青春時的自己，還擁有更多更多。

說個故事：曾經有位長輩對我說，他第一次體會「上了年紀臉總會撞到平常走的階梯，而且是經常撞到」的跌倒慘況，當時的我三十啷噹，只是點點頭，微笑的嗯嗯兩聲。而今，我也正體驗上階梯會撞到臉的窘境。

時間好有趣，像個輸送帶一直不停轉動向前，原先青春還有一大把，可以盡情浪費，怎麼中年就到了眼前，到了任何人都無法迴避的階段。

但，有個概念出現了，許多廣告不斷強調應該在這個輸送帶上停留、倒迴，並將保持青春永駐的鑰匙，發送給大家。

於是，成為「抗老」、「凍齡」之「美魔女」，幾乎是全民運動！「老」更是全民公敵，必須消滅它、必須去之而後快，唯有永保鮮嫩多汁，才是王道。也因此，任何「老之將至」的現象，一定要全力清除，甚至可以用種種污蔑、訕笑來迴避自己也會走入「哀樂中年」，好讓自己安心。

喜歡運動的人會研究運動，從事某種專業工作，必定會深入探究，而我常對表演課的學生說：「你喜歡表演，卻不研究表演，不看戲、不了解生活，不是很弔詭嗎？」如果「想」是源頭，「法」就是路徑！有想法沒作法，是百分之八十～九十的人面對興趣、嗜好的心情，也較容易隨廣告宣傳、他人認同之心理需求搖擺，而覺得自己不夠美、不夠好，並透過種種偏方填補內心的空洞與空虛！然而，究竟如何認識那最真實、最本質的自己呢？如何不被人云亦云混淆？這條路，我走了好長一段時間。因為表演的世界，就是人的世界；我想好好表演，當位好演員，我必須先成為一個「完整的人」。

這個想法，就讓我走上了探索自己、解剖（拆解）自己、認識自己，然後接受自己的道路。

每個階段都在變化，而現在來到了「色微衰、體漸弱」的年紀；心底始終想回到青春年華，但終究不可能回去，因而產生「該如何是好」的矛盾情結。這時也不禁發現：自己快被老擊敗了！

父親過世前，我看著他老態龍鍾、步履蹣跚，心中著實害怕，也不斷提醒自己：要勇敢、要接受、要練習、要保養，才能延續「那個」時刻的來臨。但，那個時刻，現在「兵臨城下」，天哪！也太意外、太快了吧！

真的！永遠沒有準備好的時候！

如何因應這份隱藏的矛盾衝突？如何平衡自己不批評、視老如仇的輿論呢？如何保持屬於自己的優雅及信念？如何接受當下的自己就是最好的自己呢？

起身，檢視現在的自己還擁有什麼、哪些是喚不回的事實，我非常誠實的寫了一張對照表：

擁有	喚不回
被討厭的勇氣	年輕的五臟六腑
良好的人際關係和友誼	數字少的年紀
充沛的理解力	纖細標緻的線條
耐得住的性子	用不完的體力
足夠財力享受生活上的美好及衝動	創意迸發
人生經驗及一點智慧	犀利的判斷能力
選擇與拒絕的能力	叛逆、不從眾的氣魄
一些風韻、一絲優雅	

專注於自己喜愛的人事物上
懂得祈禱、感恩
珍惜每份付出的能量
開放接受他人的回饋
清理自己人生的能力
愛護生命
包容犯錯的經驗
什麼都好的全贏思維
（似乎還有更多的尚未整理完成，待補）

原來現在比青春時的自己，擁有更多更多。
我喜歡現在的自己。
現在的自己真的好好。

因為喜歡自己，才看見那些還不夠喜歡自己的他人；接受不完美的自己，才能接受
還在整理中的他人。
現在的自己，真好。

回頭看準備重考中的憂鬱少女，一邊在紡織廠打工、一邊念書的時光，當時心情似乎有點悶。原來，學著喜歡自己、尋找自己的未來，是青春到大齡都不斷進行中的路程。

轉聲術

不成為碎念老婦，
轉化內心 mur mur 的小聲音，
決定哪種語言可以讓自己愉快。

有一天，臉書上朋友圈瘋傳洪蘭教授在TED的演講，關於男女大腦之不同，對語言的表達需求量女性一天至少兩萬字（天哪！如果是書寫出來，三天就可以出一本書了）。這就說明女性對語言的使用量之大，占了男女語言表達量的百分之八十以上！女人愛嘮叨、很囉嗦、拚命碎念的標籤就狠狠貼在了額頭上。（好佳在，男人到大齡時刻，因男性荷爾蒙下降、女性荷爾蒙增加，也加入了碎念部隊）。

既然語言含量在女性生活中如此龐大，當年輕時談情說愛、甜言蜜語將上萬字的量用掉了，較不易聽到狠話或重複錄音檔的話語，而大齡的此時，語言量依然這麼龐大，其中的話語內容又是什麼呢？

有一天走在路上，迎面而來兩位女士，年紀相差二十左右，大齡的那位邊走邊說：「老了，體力不好，不太常旅行了。」輕熟女的那位沒答腔一路陪著繼續走；大齡媽媽似乎不放棄地又再強調說了一次：「我老了，體力不好，腿無力，所以不適合出遠門了。」擦身而過的我，聽見風中殘留下來的沉重音聲，心中一凜：自己是不是也會三不五時地暗示自己，給自己一個不運動、不冒險、不花錢的藉口——老了呢?!仔細想想，曾經不斷用語言暗示自己一定可以達到目標，年輕時就善用這份語言的魔法，讓心理素質堅定強壯，尤其是從事表演這個行業，眾人矚目、萬人評斷，必須要能自我鼓勵，才能堅持走下去。而來到大齡時刻，語言的暗示卻可能成為不自覺的推託藉口……

電影《鐵娘子》由梅莉史翠普主演，影片中柴契爾夫人的台詞曾說道：「注意你的思想，因為它會變成你的語言，注意你的語言，因為它會變成你的行動，注意你的行動，它會變成你的習慣，注意你的習慣，它會變成你的性格，然後性格就變成了命運。思維產生感覺，接著變成行為，然後製造結果。」

原來，我們每一天都在暗示、催眠自己呀！

如果每天不斷暗示自己年輕貌美、亮麗動人，會真的實現嗎？看著鏡中的自己，催眠術能成功嗎？還是心中的「小聲音」一直提醒著：「嘿！大齡女子，你還在追求少女般的青春？醒醒吧雷夢娜！面對現實吧！達令，你老了，別鬧了。」因此，這催眠暗示是不可能成立的，因為「心口不如一」，終究無法讓全宇宙都來幫助你，除非是心口如一的真心想要。

女性的語言量如此大，大齡女子說的話只是有增無減，如何不變成他人的耳邊風，不成為碎念 mur mur 老婦？風中的音聲「我老了，老了」仍然不時在貴婦下午茶、傳統市場、公園運動或在家中犯老人睏時，像揮不去的鬼魅般，飄進我的耳內腦中，於是，我就拿起心中那把桃木劍（筆），將它記錄下來，一一書寫在紙張上，一個都不准逃，狠狠地看著每一個內在否定的聲音，不接受自己狀況的聲音，然後來個轉「聲」術。例如：

NO	Good
老了	是！漸漸地，但還沒老到不能動。
垂了	是！眼神中有看清外境的淡定。
鬆了	是！終於可以放鬆他人的評價了。
胖了	是！豐潤腴美，可以珠光寶氣一下了。
體力差了	是！提醒自己要運動囉！沒有賴床的藉口了。
反應慢了	是！開始玩些新遊戲（桌遊）吧！
記憶差了	是！為了不讓失智找上門，更有意識的吃，更提醒自己不要依賴3C產品。
朋友住院了	是！不要被恐懼抓到了，更注意自己的健康、身體變化。
（前）更年期要來了	是！多方傾聽資訊，選擇適合自己的飲食、保健方式。
大齡、老人臭了	是！保持清潔的身體、清新的心靈。

言語老派了　　是！但也是生活智慧之音呀！

不再忍耐了　　是！因為看不順眼的人事物愈來愈少了。

以上等等都可以繼續加碼、繼續矛盾、繼續對話。但，這些都是自己的思維；我唯一可以做的就是選擇對自己有幫助的聲音，決定哪個語言可以讓自己愉快。

我正在練習「轉聲術」，歡迎加入！

免經（驚）俱樂部

青春是自外冒險，更年是向內探索。

順天應人，學習臣服是我面對更替之年的心理狀態。

大齡女子主要的身體學習是「更年期」的來臨。我在四十歲時，就開始保養自己的下半身，以確保自己下半生的健康幸福。這對身體而言是非常重要的保養意識，有助於我現在仍能舒適自在。

四十歲就獨居的單身女子如我，決定好好照顧自己的身體、心理（包括更內在的靈性）。四處找尋自然療癒的方式，例如精油、蘆薈骨、銅缽、靈氣、按摩、整骨中醫、花精、蓮花針灸、星光精華、瑜伽……等等（我好像時間很多歐）！一直到現在仍不斷持續中。在知識上也涉及形而上的關係修心、靜坐，與更高深的資訊連結，以及不斷自我清理童年創傷、負情緒的陰影，找尋內在小孩並與過往和好。但更年期的徵兆是無法清除的，也因此，熱潮紅、皮膚乾燥、身體發胖……所有中年現象必然一一出現！可是，無論是做為一位女人或是一位女演員，這都是令人沮喪的感覺與困境！

在一次整脊過程中，我與整脊師父（修行人一位）聊到更年期現象有無可緩解的經絡及穴道，他說了一句令人震驚的概念：「根本沒有更年期這回事。」聽到此話，我久久不能自已，充滿太多疑問、太多驚喜、太多希望。於是又再追問：「真的嗎？真的嗎？」他回答：「青春期是一種成長過程與生理變化，簡稱青春期，那更年期也是如此，只是生理退化的過程而已，不用過度妖魔化這段時間，就如同青春期的難搞叛逆一樣，都是過程，都會過去。而不同的狀況是，青春是自外冒險，更年是向內探索。」

原來，「更年」的時期，就是更替原來生命年歲的慣性及樣式，不再向外追求功、名、利、祿，不再為追求者眾難以選擇苦惱，更無需為不再擁有青春美麗而無人追求而傷感。

此時我思考的是，如果我對抗、拒絕這個必然到來的階段，並不會使「更年」期消失，若以物理現象說明，有推（開）之力，就有拉（回）之力，推拉之間，定是一對好朋友，相伴相依，錢幣的兩面。

我若繼續對抗、拒絕它，就必須去找讓自己看起來年輕、凍齡的快速方式，好讓自己攬鏡自照時可以感覺好一些、安心一點點。如果真的沒有錢（聽說那樣要很多錢），就要勤快一點做運動，然而此刻總是體力差、精神弱，意志力永遠不敵睡神迷人，所以逐漸地失去毅力，累積一眼大一吋的體態，終至不再願意拍照、不再上磅秤，也不再參加非家族之外的聚會了。為什麼呢？只因「對抗」、只因「拒絕」，終至放棄大齡可能的優雅風華。

更替之年就如同四季節氣遞嬗，秋天是楓葉由綠轉紅、氣溫由熱入涼的美好季節。人說秋高氣爽、天涼好個秋，整體呈現安靜、向內的氛圍，天地一同為冬天到來做準備。眼見大自然都有如此規律時序，而人呢？是否也能如老子所言：「人法地、地法天，天法道，道法自然」？如果更替時節來到，還將樹葉全部塗成綠色，花朵保持豔麗，唯塑膠之類可為也。而真實的自然世界，花開有時，葉落有時，必定順應自然，不會逆天而為。但人總因為被「恐懼老化」的心態所利用，而進一步選擇「拒絕」、「對抗」，就成為必然的過程了吧（我猜）！

順天應人，學習臣服是我面對更替之年的心理狀態。也因為知道人生四季之必然，所以早早告訴自己要準備好秋天的到來。尤其身體保健更要及早意識；健康有盡頭，體力會衰退，因此我鮮少熬夜、暴食、不縱欲耗損身體，並定期進廠保養（按摩、健檢、練呼吸），在心理上更要保持開放並接受人生各種經驗、磨難的風景，必要求救時一定要呼求幫助，千萬別逞強、硬ㄍㄧㄥ，承認自己的脆弱、有顆玻璃文青少女心，會哭、會痛、會困頓等負面情緒，或許也允許自己在情緒中浸釀一會兒，允許自己瘋狂地做些跨出安全區的冒險，為迎接更替之年做準備。在這段途中我們會慢慢發現，那生命中看不見、摸不著的內在靈魂，正是只有在更替之年，才明顯進入我們的思維；因為，我們不再意氣風發、不再妖嬈可人，所有外在形體開始下降、衰弱了，但也在此刻臻至心智成熟，心靈渴求強烈，於是內在成為此時的主人。更替之年就像一台老爺車，不再適合青少年當駕駛，必須換成熟的人慢慢開，欣賞沿路風景，終點站也似乎可以慢些到達了吧！

中年、大齡的我們，聽到「更年期」三個字，就覺得自己老了，不中用了，成廢柴了，如同等待在「駕鶴」飛機跑道上的班機……想逃也逃不了，想避也避不開，唯有回憶是可以在腦中咀嚼的無味口香糖，非常讓人驚嚇吧！

我為了讓自己「免於此一大經（驚）」，便學著接受，不再對抗、不再拒絕、不要成為「更年期恐懼症候群」患者，而要成為「更替之年華似水風姿綽約」的一員。

「免經（驚）俱樂部」，歡迎光臨！

認同不歸路

我是顆早已熟成的水果，
已經走在混亂逐漸清晰、衰敗欣然接受的路上。

水果熟成了多麼令人垂涎欲滴呀！圓圓、胖胖、豐潤肥美、鮮美多汁，讓人有股一口咬下的衝動。

但水果熟成的意思也是即將要轉化成衰敗、腐化的階段了。所以商人們想盡辦法讓它不會太快腐壞，首先便發明出了化學保鮮法，以延長其看似新鮮可口的外表，完美呈現凍齡美魔果狀態，可是當客人買回家，才發現內在早已不堪食用……除此之外，還有另一款是利用「催熟」劑的方式，讓青澀的果子看起來紅潤鮮甜，尚留一半青澀待熟的模樣，顯現天使臉孔、魔鬼身材的進貢宮廷狀態。（唉！怎麼好像在形容女人的現狀呀），而且這些水果的色相決定了它的等級，也決定了它是進入大戶人家餐桌，或淪為市場攤商的瑕疵品，更有甚者化為資源廚餘桶的一分子。

水果是用色相在吸引顧客，必須被精心打扮處理，才能賣得好價錢。我不禁聯想，水果也是ＡＶ女優這行業的先行者吧！

大齡女子是成熟的女子，亦如同水果熟成般令人垂涎渴望才是！但是，看看台灣的現狀，已經正式走入老人比年輕人多的道路上了。這也表示大齡不婚、不生、單身的人愈來愈多，如果是水果攤上存有過多太熟的水果，小販一定會便宜賣，甚至還加碼送上其他菜色。但人，終究不是水果。人會思考，水果不用；人會叛逆，水果很乖。

我是顆早已熟成的水果，已經走在混亂逐漸清晰、衰敗欣然接受的路上。

若說「青春色相」是人生的必然，那麼色衰體弱也是每段人生之必然。大齡姊姊如我，當思緒逐漸清晰，也洞見整個社會價值觀就是將人當成「水果」在販賣，以前是女孩、女人、凍齡美魔女，現在有生力軍加入：筋肉健壯的男性、小鮮肉。於是乎，事業線、人魚線、馬甲線……所有的「線」統統都可以販賣，而販賣的主力商品——就是「性魅力」！於是進入大齡，整個魅力指數下降，女人便開始出現恐懼慌張，而回不去的青春卻是永遠的努力目標，所以更加混亂及害怕；能塗能吃能拉提的各式產品更成了保鮮期的救命丸。我也企圖嘗試，終因害怕後遺症而放棄。

於是便深入探索自己成熟的價值留存幾許。如果自己不是新鮮水果（當然不是啦），要如何展現該有的風貌？如果自己的價值是由社會「歪樓觀點」——性感魅力為一切的外在評斷，要如何爬出來，並殺出一條血路呢（好像革命）？

首先是要革自己限制性思維的命：他人的認同是否主宰了我的存在價值？

我記得，我給自己四十歲的生日禮物是去上一個靈性療癒的課程，王靜蓉老師問我最後一個問題是：「你還想移除什麼？」答案在我腦海中只出現兩個字——「認同」。

「好大的心願呀！」老師說。於是，我開始發現「認同」所帶給自己生命的一切幫助與限制。幫助的部分是可以有足夠學習、與他人溝通，可以交朋友，與人有共同交集等等。而限制則是容易在學習上被植入他人信念、價值觀而不思考，在溝通上只聽見他人話語卻沒有留意自己的感受並尊重它。而交朋友的部分，則是總習慣安靜旁觀，實則無法入心，就是朋友聚會間，人在心不在的意思。直到「認同」這個字出現，我才釐清自己的存在就是「心不在焉」！明明自己有想法卻不會表達，明明不喜歡女性被物化卻只能默默走開或偶爾與朋友激辯；但，不會收拾激辯殘局的我，到大齡的現在，才漸漸明白如何清楚表達觀點，而不傷害對方仍保有友誼。果然，大齡是熟成的女子呀（熟女）！

不認同「自己是水果」被放在社會價值觀中被貶賣，就必須捲起衣袖勇敢跋山涉水走一條不是捷徑的路。路上人少，因為難行；偶遇同好，欣喜。但，是條不歸路。

認同「自己是水果」可以放在社會價值觀的架上貶賣，也是條艱難的路，也需要在人群眾多的路上嶄露鋒芒，持續保鮮不退流行，能擁有不被淘汰之姿色（態）就要想盡辦法，花費更多的金錢、時間、力氣，保持在頂峰，但玉山、喜馬拉雅山頂的人少之又少，而且不能久待，因為會「凍」死（好有畫面），這也是條不歸路呀！

大齡姊姊如我，熟成了，也成熟了，對於認同與不認同不再那麼執著哪個對哪個錯，以前逼著自己去看清許多真相，現在也沒有那麼急切，並允許自己多了許多「曖昧地帶模糊空間」（或許這就是人為何到中年會開始老花的目的，哈）！

以下是我很喜歡的十九世紀英國詩人勞倫斯的詩作〈當成熟的果實掉落〉，細細讀來，總覺也為大齡狀態下了很棒的注解。

當成熟的果實掉落，

其香甜點滴滴入大地的血脈。
當自我完成的人離世，
其人生的精油進入，
生存空間的血脈為原子
為永恆混亂的身軀增添光澤。
因為空間是有生命的
靈動有如天鵝
其羽毛因人生所提煉的精油
閃爍出如絲光澤。

熟成的女人——我，也可以是個文青呢！

女人的姿態由我自己定義！大一時擔任考生服務隊，手插著腰，融合霸氣、瀟灑、率性。進入藝術學院認識形形色色的人，才發現原來我不奇怪，原來活著也可以這樣，為什麼不像女生？為什麼不……？這些，都不再是問題了。

魔鏡呀！魔鏡

女人如花園裡的景觀，
我如何用女性的觀看方式，看著自己呢？

愈來愈少照鏡子，也對照相、留影等失去了興趣。不再攬鏡自憐，不再像以前可以在鏡子前面顧盼生姿、巧笑倩兮了。

曾幾何時，不願看見鏡中的自己，因為，已不再是「白雪公主」，而變成了「壞後母」。心裡出現需找毒蘋果的聲音，也像裝了喇叭、擴音器般，轟得自己衝動地要進場「大維修」；好像把自己比喻成古董車，但古董車還值錢，「人」就只能進廢棄廠、資源回收站了呢！所以，還是乖乖地當個老人吧！

也因為這種現象，讓我不禁思索著，如此對大齡女子的成見是從何而來的？為什麼在人生最該有智慧、心性成熟、經濟能力穩定、生活態度最有品味的階段，似乎也還是需要一副看上去吸引人的「青春肉體」呢？

是誰在看著自己？內在是誰在審視著自己？而那個被審視者又是誰？

「鏡子的真正功能，是讓女性成為共犯，和男人一樣，首先把她自己當成一種景觀。」這是《觀看的方式》作者約翰・柏格書中所提出的觀點。當我第一次看到時，整個人著實灌頂般地清醒；這是真的嗎？原來我一直不是用女性的眼光在看著自己，而那審視者，居然是男性？而且，要符合景觀畫面之需求，就必是美麗、青春、新鮮、燦爛的模樣，放在最顯眼、重點的位置，其他凋萎、垂敗、蠟黃等等，全都要隱藏、要收納、要掩滅，不要出現在景觀中，免得破壞畫面。

如果內在審視者是男性，而被審視者是女性，那也就是看著鏡中自己的那目光、那眼神，一直是用男性的思維，在檢視著女性的身體是否玲瓏有致：胸部夠不夠大？腰夠不夠細？皮膚有沒有水嫩Q彈？既要天使臉孔，又要魔鬼身材？一切都要up，才符合神級美女的標準。

但事與願違呀！大齡的現在，萬般皆下垂，唯有血壓高（被氣的）吧！我也衝動地去詢問「倒立機」資訊，想將下垂肉體利用科技幫助，讓時光倒流；幻想著一切可以回到十八歲。終於，我明白了很多「長者」、「大齡」不愛鏡子，逃避拍照的心了。

幻想終將因現實而回到現在的真實存在。

「回不去了。」偶像劇的名言一句。

「我也不想回去。」回敬一句現在的真心話。

看著魔鏡（或是照妖鏡），是看見那大齡不安的「壞後母」，還是照見那隱藏其中的男性審視觀點？一次又一次地照鏡子，而且鏡子一定要乾淨、明亮，不可以朦朧、萌萌。自問：我喜歡鏡中的那個大齡女子嗎？有些肉肉的、有些白髮皺紋，有些垂垂、像善良小動物眼睛的女性，可愛嗎？除了外在變化，我還認得那個曾經充滿好奇的眼神，還能勇於嘗試、不輕易被他人信念影響並熱切去愛這個世界嗎？仍樂於分享嗎？跌倒了就爬起拍拍灰塵，繼續向前走嗎？我不禁如此叩問鏡中的影像：

「那個『少女』，那個屬於自己版本的『白雪公主』，你在嗎？」

女人花，女人如花，女人如花園裡的景觀，我如何用女性的觀看方式，看著自己呢？

或許，就是這個大齡時刻，如同人生最棒的魔幻時刻，不再只是向外看著鏡中的自己，同時也要學著看見那內在的自己，那曾經被青春亮麗、不羈叛逆的表情掩蓋了的自己。原來內、外的自己都一直並存著，原來彼此互相依存長大；或許，就是外在的自己累了，累於應對他人的眼光、評價，忙於討好他人，尋找認同的練習夠了吧！所以，慢慢放下、緩緩退出三力：體力、活力、美麗吧！內在的自己可以主導生活：觀看的路徑、沿路的風景與心情變化，而內在自己的反應，也會顯示出來觀看者是「壞後母」——對一切都討厭、不滿意、抱怨或評斷；還是「白雪公主」——友善世界、哼歌歡唱（人開心就手舞足蹈、唱歌抒情）。

走路也唱歌、起床也唱歌、做早餐時哼、洗澡時也哼，發現唱歌好療癒，覺得無事哼哼陪伴自己的每個時刻，心情也變得輕盈自在。嘴角不自主上揚，手臂雙舉朝向天空，時而旋轉，時而輕撫路邊花草盆栽，彼此溫柔地觸碰，像是道一聲：「嗨！你好，今天很 up up 歐！」

「魔鏡呀！魔鏡！誰是世界上最美的女子呢？」我問。

「是每個真心喜愛自己的女子吧！」它答。

匆匆化成蝶

女人呀！我們曾幾何時真正喜愛過自己？
為何需要不斷在他人眼光中找尋自我的價值，
由親密行為去確認自己值不值得被愛？

女人呀！如果從出生開始，人生價值就建立在青春軀體、耀眼的外在，那麼必定在大齡階段，為那逝去的美貌及流逝的膠原蛋白苦惱及怨懟——時間是個殺人犯，每個女人都在一出生就被它綁架了，成為時光流轉之下的「受害者」。於是對於目前的身體樣態充滿敵意，對於這副皮囊的空空、鬆鬆、垂垂，充滿了恐懼。然而沒有了青春膠原Q彈之後，真的像洩了氣的皮球一樣嗎？

大齡會恐懼親密關係，是否也與身體不再豐美、只剩肥胖有關？是否恐懼在光亮處褪去衣衿？是否要遮遮掩掩身上起伏波濤的皺褶？還是關了燈、閉上眼、忍一忍就過了呢？這是一個問題。老夫老妻似乎只好睜一隻眼、閉一隻眼讓自己頭過身也過，那麼要重新開啟親密關係的大齡女子，是要先瘦身再開始？還是要開始時，立馬瘦身？或是，乾脆放棄新關係的機會？甚至直接告訴對方，自己的身體現況（用說的，不是用脫光的）？到底哪種方式才不會阻礙一段新的親密關係之可能呢？

最近，有機會為「陽光基金會」八仙塵爆的女孩們上戲劇課，我對女性的身體有了另一層看法：當這群女孩子，在應該、但卻無法展現美麗身體的時候，她們被逼穿上壓力衣讓肌肉皮膚不胡亂生長，甚至，要經歷多次開刀，修整那副曾與祝融相遇的身軀。她們不能褪下壓力衣，必須要經年長月地穿著它，直到不再需要它為止（要到什麼時候才能脫下呢？不知道）。但是，青春年少妙齡芳華，對愛情仍有著極大憧憬與渴望；只是，當現實好不容易萌芽的戀情讓這份「想望」更熱切，一回頭看到自己的身體，這份熱切卻更加灼傷她們少女情懷的心。此時，愛情與身體就像錢幣的兩面，同時並存著，缺一不可。

她們的渴望有著深深的挫折。而大齡女子呢？是不是因為年紀較長，也較能接受這份挫折？

如果身體與愛情是一對雙胞胎，那麼沒有青春美麗的身體，也就失去進入愛情關係的權利了嗎？尤其對女人來說，是否更是如此？

當然，世上存在著特例，但並不是常規。而我們都是芸芸大眾、普羅眾生，還是來檢驗一下，我們是如何看待自己的身體吧！

電影《指望》中，石安妮看著姊姊成熟的軀體，自己非常渴望如她一般，可以破繭而出，成為那美麗展翅的蝴蝶，並且自在地與異性相處，談場自由的戀愛。初經來的那晚，她彷彿也跟著羽化成蝶，進入了少女時期。而大齡女子呢？在「更年期」來臨之前，似乎又進入另一個破蛹階段，不怎麼美麗、失去了自信，而會不會再次羽化成蝶，是無法預知的。多半這時的女人進入了人生幽谷，思考著自己活了大半輩子一事無成，尤其是某部分自信的來源——青春的身體，開始流失，如土石流般「嘩」一地呼嘯而過，根本是無法阻擋的快速。然而，究竟有什麼方法，可以讓「土石流」這個信念獲得緩解？

在一個崇尚青春、追捧女神至上的社會，每個女孩從小的身體價值就已經被綁架了：小女孩長成了魔鬼般的身材後，仍需保有天使般的臉蛋及無辜的眼神；而成熟欲滴的女子必須就此凍齡（木乃伊？），時間不能再從她們身上流過，因為女神不能老、不能垂、不能垮，她是所有人的希望及夢幻。即使已屆大齡，仍被眾信徒的價值觀綑綁著，一刻不得鬆懈吧！但是，似乎這時，愛情與身體並沒有為這類女神帶來幸運，這又是為何呢？

是不是身為女性，對身體永遠都懷著強烈迷思？不論年紀大小、美醜、胖瘦、完整或殘缺、膚色深淺等等，都各有所好，各有所愛？而再看深入一些，其實是，女人呀！我們曾幾何時真正喜愛過自己？可曾接受自己最純粹的模樣？為何需要不斷在他人眼光中找尋自我的價值，由親密行為去確認自己值不值得被愛？

我好開心我現在是大齡階段，可以不用在愛情上證明自己身體的價值。保持健康、活力，全都是為了下一個階段——老年做準備。

有朋友聊到，這個階段還會對「性」有欲望嗎？我們大齡女子們七嘴八舌地表述了自己的狀態，基本上已經是因人而異了！「有」則展現對生命的力量，「少」則是定期的維持生理功能，「沒有」則是因為身體不再能負荷。無論哪種狀態，大齡女子對自己的理解是理性多於感性，不再受內分泌（荷爾蒙）支配，反而能重新拿回自己的生活主導權。

不用恐懼身體的老化，更要信任大齡智慧升起，是以展現剛剛好的優雅，剛剛好的待人處世，剛剛好的冒險及見解。

感謝那曾經信奉「完美青春肉體」的自己，在一路跌撞後，讓我來到大齡的現在，對身體的意識逐漸清晰，可以分辨什麼是讓身體健康、充滿力量的信念，什麼是對身體不利的信念：太胖可能是內分泌轉換的訊息，必須改變飲食、作息，改善自己對世界的看法，欣賞他人的優點。而太瘦則可能使骨骼缺乏肌肉保障，有易骨折的風險。因此我力行維持平衡的生活、平衡的關係、平衡的身體。我始終相信，平衡中道的大齡之路，將暢快展開！

大學畢業當天攝於學校宿舍。少八根筋的我，完全不緊張即將面臨的工作問題。明白只要能接受、展現真實的自己，就沒什麼好怕的！衣櫃上貼著的美金，是朋友越洋而來的畢業祝福。

隱藏的自己

接受每一個曾經的自己，
無論是正向的那面，抑或性格上的缺陷。
我不完美，但我很完整。

關於自己，我做了一些功課：無論是與過往感情和好，還是物質上的斷捨離，或是清理每一個思維背後的種種信念所造成的行動，及其如何形塑了自己的樣貌等等，我都不遺餘力去探索挖掘那更深刻、更幽微的角落，渴望半百之後的人生可以是輕盈、愉悅的狀態，可以用幽默感面對人生下半場。

但不知為何，一直有個聲音要我放慢腳步，要我對自己不用那麼嚴格，可以不用急著追尋「知道自己是誰」的快節奏，並不是弄清楚「自己是誰」就什麼煩惱都沒了。我先前一直無法理解，要將自己弄清楚這過程存在著什麼問題，而且，身為演員也就是努力理解自己的種種之後，再轉化成為表演工作的能量，不是嗎？那為什麼我腦中常常揮之不去「放慢些」這個小聲音呢？一直以來，「把自己弄清楚」是我深信不疑的信念，直到有一次旅行，我才豁然開朗……

那年到倫敦旅行，目的是去環球劇院看戲（莎士比亞朝聖必敗之景點），在倫敦每天可以看一到二齣戲，還去了大英博物館、美術館、舊書肆等地走逛，滿足內在那顆長年對戲劇、對藝術的渴慕之心。但是，就在一段前往劇場的路上，我頓時茅塞頓開，走著走著突然大叫：「我知道我是誰了！」朋友被我的大叫聲嚇得停住了腳步。她問：「你是誰？」我說：「我是個無所事事而沒有罪惡感的傢伙！」（此時，我手指著自己的心），「我不在外面，我在這裡。」（又再次指著自己的心）。想弄清楚自己是誰的那個是自己，想罵人的那個是自己，想散步走路的那個也是自己；自以為是的是，沒自信的是，有白髮的是，漫布皺紋的也是；有想法的是自己，沒有想法的也是自己……因此，每個自己都是自己。我高興雀躍地在街上跳著，而她一臉困惑地看著。

原來，接受每一個曾經的自己，無論是喜歡或不喜歡，認同或不認同，光明或黑暗的，都無需只接受好的、正向的那面，我可以有性格上的缺陷（好像就是心軟、太善良，哈），但我不用隱藏它，因為它也是我的一部分呀！我不完美，但我很完整，有凹、有凸、有硬、有軟、有光滑、有坑洞、有渴望、有失落，很像拼圖，每一塊都是我，少了一塊就拼不出我這個人的樣貌了。

以前，容易在回到家中，反省自己的言行舉止是否得宜，有沒有造成他人不開心的情緒？有沒有話說太過、下過多指導意見、倚老賣老的語言暴力？以上種種都在我回到家後一次次倒帶，於我腦中重新播放一次，確定犯錯不大才能安心梳洗、上床睡覺；一旦發現自己言行出了差錯，就會難過得不能成眠。記得某次拍戲，因為身體微恙有些發燒，晚上仍需工作，但身體已經疲憊不堪，心也就煩躁不耐了起來。於是，做了自己最不喜歡的事：表演示範。教導對手演員該怎麼做才是好的。（她試了好多次，仍然有進步空間，而我耐不住性子，就替她走了一次，並且說：「你看，沒有很困難吧！」）

我當然很順利的把戲拍完了，而我也提早回到家中休息，可是，我卻無法原諒自己所做的示範。因為，我剝奪了她探索學習的可能。我整夜難眠，直到我再次見到她，向她說聲抱歉，表達我實在是身體發燒，也失去了耐性，請她見諒。沒想到她說她不記得了，但也謝謝我給的指導。天啊！我真是不能再這麼傲慢了。但，傲慢的也是我，不是嗎？哈！

了解自己之後呢？

人過中年，對自己的理解似乎有更多面向，也更深刻了些。可是，然後呢？似乎要做些什麼才對吧！例如：吃太油、太鹹或太甜的食物，對身體不健康，就改成較為清淡的飲食（也可以不改變，因為後果自負）。太忙，就讓自己多休息；太閒，就找份義工來做；太胖就瘦一些、太瘦就肉一點，想唱歌就去唱歌，想跳舞的去跳舞，甚至做些讓自己快樂、別人看來很傻氣的事，找朋友練肖話（台語「胡亂說話」之意）紓解人生苦澀之類的，如此放下正經八百、拾起輕鬆有趣，有什麼關係？

或許，因為我的本職是戲劇表演，所以對於角色扮演的樂趣，深得其中三昧，可能也因為了解人有許多潛藏特質需要被抒發、被釋放，偶爾「它也會想出來曬一曬太陽」，畢竟不曬、不見光久了，「它」也會成為某個見不得人的陰影。其實，只要檢查一下自己的衣櫃有多少沒穿過的「怪衣服」，就明白「它」其實一直都在，不曾遠離！「怪衣服」不是給平常的自己買的，而是給那個隱藏的自己選的。

無所事事的自己，需要被了解、被接受。而那個不責怪自己的狀態像是給我留下一些喘息的空間，但這又與度假休閒不同，不用打卡拍照曬行程。有了喘息空間就可以讓那個「隱藏的自己」出現，穿些怪衣服（或在家裸體）、扮演一句話都不說的難相處傢伙（或是四處放電的美人兒）。因為，有了探索自己的過程，於是對自己有了新的認識，然後呢？

大齡之年，然後呢？有選擇嗎？可以不選擇嗎？維持現狀又如何？全然改寫又怎樣？說真的，我不知道，我也還在路程中；並且，往老年的路上邁進。而我，只能為自己的每一個選擇，負起全然的責任；因為早已老大不小，早已過了怪父母、怪政府的年紀了。

輯二

愛，要睏不要困

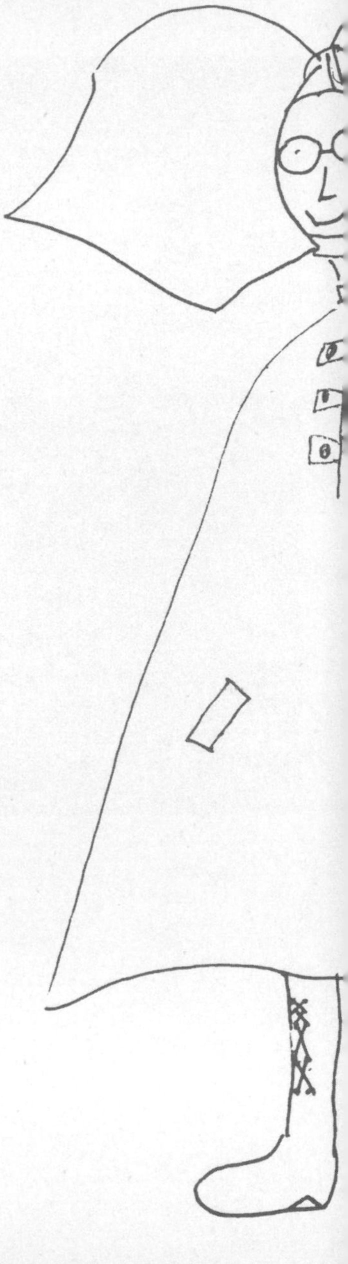

二十五歲拍攝《牯嶺街少年殺人事件》，片廠玩得可開心！假裝頭被箭穿過，一臉隨興自在的滑稽樣；然而面對愛情，我是否也能這麼放得開呢？

當我們瞓在一起

親密關係要「瞓」不要「困」，
不合適就馬上閃人，別眷戀！

最近，繼續研究自己。發現大學畢業後，我竟然沒有與「男朋友」出去旅行過，常常都是獨自一人行動，不然就是陪朋友療情傷。這個發現，讓我哭了一整夜，怎麼會這樣？怎會竟然沒有情人間的浪漫之旅？驚嚇呀！是我太愛工作了嗎？還是恐懼旅程中的單獨相處，因時間過長而看不順眼挑剔對方呢？我是患了「親密恐懼症」嗎？

「親密關係」是我人生中很大的課題。這裡所謂的「親密關係」，不只是身體上，還包括心靈上的。大齡的我仍懷有一顆少女心，對戀愛的憧憬很幼稚，對浪漫的想像很柏拉圖，但對肢體親密卻十分旁觀。這個發現，著實讓自己嚇了一跳。於是，開始向年輕學習、向長輩請益之旅。

以前曾當過朋友的愛情顧問，當她們在戀愛中遭逢困境，我可是看得一清二楚，建議給得頭頭是道。但實際上，那個出於理性頭腦的處方，卻無法理解心魂的渴望是什麼，現在回想起來，自己真是太自以為了解人、明白愛、透視情為何物了。事實並非如此，人的戀愛之複雜，絕非書籍、經驗可以提供答案，而是要有「飛蛾撲火」般的勇氣，水裡來火裡去地走一遭，才知道世間「情」為何物？什麼是直叫人生死相許的那份無條件的愛。

請益於姊妹淘中近四十歲的單身輕熟女（前大齡期）。最近，她談戀愛了，是「歪國人」，年輕的小鮮肉，帥氣、活潑、熱情再加上體力好。她建議我一定要試試「歪國人」，她的說法讓我聽得下巴久久合不攏……以下限制級，影像可以消音，文字可能就馬賽克吧！據其所述，兩人第一次見面就乾柴烈火了一整晚，小弟弟不小，很粗，她才發現自己適合這一款（聽到此刻，我的臉是僵硬的，眼睛是發直的，呼吸近乎停止，像公聽現場A片直播）。

以前的她很乖，交一位男友八、九年，完全不知道親密的性關係會有多少可能。現在，她回不去了，看來只能吃異國料理了。然而，第二次與歪國男孩見面是兩週後，只不過一切似乎有了變化：感覺變了。歪國男孩仍然熱情、活力十足，但卻是「精蟲衝腦」，只想「法克」（Fuck），所以讓我這位輕熟女朋友感到非常挫折。我問她原因，她說當時自己要對方給答案，看要正式交往或分手，遺憾的是對方完全不懂她的意思，甚至如此回覆：「這是要穩定關係嗎？我以為只是玩玩而已（Just for fun）。」所以，男的逃走了，女的失戀了。原來，戀愛也有快閃族。

她說歪國人很適合我，建議我一定要試試。

除了詢問年輕熟女外，長輩的意見也要聽。因為，不聽老人言會落得賠了夫人又折兵的下場。以下是個很奇妙的例子：我的長輩媽媽，七十歲，單身近三十年，孩子成材孫子可愛，而無愛又無慮的她，某天去參加作家班聚餐，卻招了桃花一大朵。當天，長輩因為鞋子有些問題，所以完全沒有起身回應大家的敬酒，而且匆匆交換一些名片就搭小黃回家了。然而桃花此時正盛開，過沒兩天，家中電話響起，是打來找超齡女子的。對方聲音聽起來約莫是八十多歲的老先生，一陣老派寒暄後，問超齡女子是否願意與他喝杯咖啡，可以在她家附近的咖啡廳碰面（我聽到這兒，下巴也合不攏了，老先生真是有時間、有耐性呀！凡事紳士、尊重女士）。

我鼓勵她：「去呀！去喝杯咖啡、聊聊天，很棒呀！」超齡女子卻說：「通個電話就夠了，不用見面喝咖啡，這杯咖啡一喝，要付出太大代價。」我聽到這一臉狐疑：「什麼代價？」她說：「一杯咖啡之後，開啟了一種兩性關係的主從模式，他說什麼都要照辦，因為這種老派男人被寵壞，太太過世之後，就立馬找另一個女人來填補照顧他的洞，各種生活起居都必須看顧好。」我說：「那找個僕人或看護不就好了。」她說：「那樣很沒面子，因為若真的找個看護，顯示自己是老人或病人。而且，他要的是感情的依賴與索求，甚至身體上的欲望，也要滿足。」（天啊！我的媽啊！媽祖！聖母瑪莉亞呀！她還真敢講，老人的性需求我都羞紅了臉）。此外，超齡女子又繼續說道：「我脫了衣服能看嗎？奶奶都垂到了腰，平常衣服遮起來還人模人樣，脫衣服也只有洗澡時候吧！還有，我冰清玉潔守貞三十多年，為了一杯咖啡，代價太大了，不值得。」（我心想，我也常常喝杯咖啡後，就要幫朋友處理情緒或是心理重建，好像代價也很大。）

可是，超齡女子的她卻給了一個我沒想過的建議：「你還年輕（天啊！我還年輕？是啦！我在超齡長輩面前，是青春少女呢！真好），要勇敢走進愛情、嘗試親密關係，而且要『睏』他，才知道合不合，但不要『困』在裡面喔，不合適就馬上閃人，別眷戀！更要認真對待自己的感受，不要委屈自己；因為，女人太容易動情，太容易感情用事，所以，『可以睏，不要困』。如果自己再年輕一些，絕對要『睏遍天下，絕不心軟』。」這款生猛的建議，我是該不該聽進去呢？

綜觀輕熟女與超齡女的建議，該怎麼重新開啟自己的「親密關係」？這人生課題真是高深！現在的我，還沒找到人「睏」之前，已經先「困」在其中了，這個困惑感覺糾纏了我數千年之久，而要如何找到不心軟又勇敢的處方，我也滿懷好奇地拭目以待中。

二十七歲，背包一拎、投下所有積蓄就到了巴黎旅行。即便身在遙遠異鄉，即便回國就要面對戶頭見底的現實，我也不怕！期許現在的自己，在人生與愛情跟前，還能有這樣歸零再開始、冒險闖天涯的氣魄。

無毛雞

即使手上拿著桃花枝招搖，
也會被看作拿著桃木劍斬妖除魔吧！
大齡尋愛的困擾，誰人知曉？

最近臉書經常會出現外國男人加好友，而且，都「喪偶」。

也不知是臉書太厲害，接近《非誠勿擾》、《我愛紅娘》的篩選配對功能？還是，有一群人特別「關心」孤寂大齡單身女子的下半身（下半生）幸福？抑或「老來伴」是一個未來產業大餅？不知不覺我已被他們畫入大餅之中，成為俎肉了！

問題是，為何感情狀態是「喪偶」，而非離婚或單身？甚至有小孩呢？這樣對於大齡女子選擇上是較安全的嗎？如果對方是單身，不免心中就會狐疑：男人到這把年紀還單身，性格一定有問題、拍到鼎（台語「很難相處」之意），不然就是感情創傷太深、走不出陰影、過度憂鬱，也有可能自視太高、目中無人、挑三撿四、覺得唯有自己最好的自戀傢伙。要求別人之前，一定先要求自己成為完美無瑕的人，因此，他人的一點瑕疵都如天一般的難以忍受，想到此，心中默默就打退堂鼓了（怎麼講的好像是自己呀）！

而「離婚」則表示他曾在婚姻中，但現在處於離開婚姻狀態，無論主動離開（個性不合的台詞），或被動離開（依然是個性不合的台詞），沒有人能知道真正原因（包括當事者們）。但可以確知的狀況是——其中有不為人知的祕密，甚至難以述說的祕密。但既然是祕密就不能曝光，要藏在黑暗裡，只要一見光，通殺（全部完蛋，包括自己）！因為太過難堪，難以面對真實的自己，這個祕密會帶到下一段關係中，而新關係就是祕密的溫床，祕密開始如病菌般滋生、複製，直到關係結束，祕密繼續潛伏，成為更深更堅硬的祕密花園（很多人都有這個他人不可進入的禁地吧）！所以在這樣的花園婚姻狀態中，「離婚」二字亦像不可碰觸的祕密，掩埋在彼此的感情之中（這好像也在說自己）。

那「喪偶」呢？似乎感覺安全多了。因為，愛人在非主動狀態下先行離開自己的生活，出於無奈，而且思念異常濃烈，所有的齟齬、吵架、不和諧都是美好的回憶，翻臉狠勁兒早就忘得一乾二淨，完全是深情男子形象（可能是電影《西雅圖夜未眠》的影響吧！所以「喪偶」二字等於深情專一的印象）。對於防衛心很重，又「無」所不挑剔他人「毛」病，凡事太過謹慎又「機」車的大齡單身女子如我，就成為「無毛雞」的代表。對於「喪偶」二字出現，有種既驚又喜的感受。驚是來自於驚嚇：怎會有外國「喪偶」男子來加臉友？是我只能配這款兒了嗎？通常是某種年齡才會遇到的呀！（呀！原來自己已經是某種年齡了，我這才從夢中驚醒）。喜是來自討喜的思維：發現了自己真實面貌而選擇開心面對、接受事實。當然，這份討喜（討自己歡喜）的能力，也不是天生就有，而是一而再再而三打掉重練的結果。想法是有意思的，它像是一種迴路，循環不已、生生不息，慣性或習氣於焉產生，一次又一次地重複同一種思維，就像在迴路圈中輪迴，一會情緒好，一會又低落，有個週期表可以計算日子，今天是歡歡出現，或是憂憂當家。我好奇地問自己，何時能停止這種迴路的思維模式？

「夠了」、「我受夠了」，似乎發揮暫時停止的效果。因為起心動念，發現自己在重複思維中過日子，發現此種醒來就開啟，上床才中止的「中陰身」（終日活在陰霾中的生活），受夠了不能做自己的主人，受夠了被過往的美好與挫折記憶綁架，受夠了喪屍般、不再活生生的自己……

接著就是思考如何改變這一切。我可是行動派呢！但沒想到過程中仍遇到困難。所謂的行動，是對抗習氣、剷除慣性？抑或批判自己、自責不已呢？為何最終宣告行動無效？是自己不夠努力，還是病入膏肓？於是我更加大力地行動。但最後的經驗總結，這是個零和行動、二元對抗的遊戲，愈努力愈大力，愈挫折愈失望；試過了，這是條行不通的路、走不完的境、跨不過的牆。於是，我累了，不再行動、不再對抗、不再剷除習氣與慣性了。一道光進來、一個念出現，一段小聲音告訴自己：很好，接受它，因為那都是自己，想對抗的無一不是自己，想剷除的也無一不是自己，每個自己都是一塊磚一塊瓦一塊石頭，堆疊成一條新的路。像是二次元平面遊戲變成3D立體之路，如《哈利波特》中的場景，門一直都在，可是路一直在變。原來，停下來、看見，然後給自己一段時間，不急著找路找答案，便會發現眼前每條路都可以是答案。「迴路」模式不會終止，只是不再單一、不再一成不變，只有變得更多元及有趣。

大齡的我，被「德高望重」的高帽子壓得有些喘不過氣來，難道這個時候想找尋「真愛」，會是一條「蒸礙」（人間蒸發，到處障礙）嗎？「喪偶」臉友可以嗎？「離婚」的呢？「已經做阿公」的又如何？「單身」的、「姊弟戀」呢？會擔心他人眼光嗎？還是要替人家父母感受想一想？抑或是真愛無極限，有愛無礙呢？

現在的我，即使手上拿著桃花枝招搖，也會被看作是拿著桃木劍斬妖除魔吧！大齡尋愛的困擾，誰人知曉？

看著臉書上「喪偶」的外國男子照片，心想：加不加？加：我就是「無」條件、不挑「毛」病又不「機」車的大齡「無毛雞」。不加：我則是「無」所不挑剔「毛」病，外加「機」車不已的大齡「無毛雞」。唉呀！怎麼都一樣？反正結果都一樣，就看老娘當時的心情如何再來決定；加與不加已經不會造成困擾，不會勾到內心小宇宙的憂憂，這才是大齡的我該有的討喜性格吧！

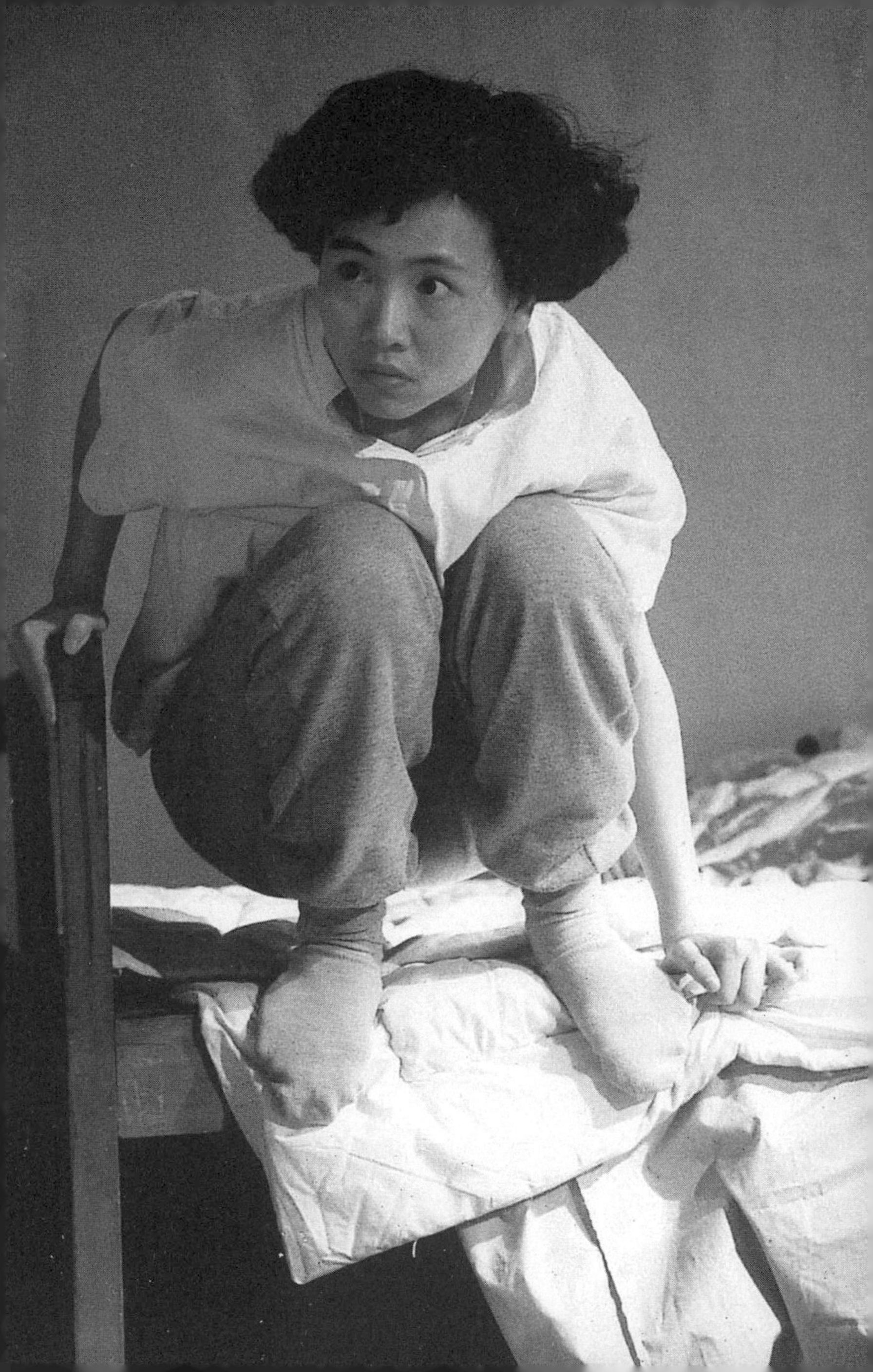

二十七歲參與民心劇場，由蔡明亮導演的《房間裡的衣櫃》演出。不在意自己是否漂亮，而希望自然而然展現個性，我希望自己，能夠不斷不斷打破生活與表演的限制和想像。

自然而然

大齡的我們，
對愛情懷有那麼多恐懼、那麼多限制，
但渴望的卻是小女孩最簡單的願望。

子曰：「二十弱冠、三十而立、四十不惑、五十知天命、六十耳順、七十從心所欲不逾矩。」大齡之後這些老人言，經常會浮現腦海，而且頻率愈來愈高。

四十歲對我而言卻是困惑的開始，如何走向不惑、步入五十歲，知道老天爺的安排自有用心，便是一段臣服與交託的過程。但現在的我困惑減少了，覺得人生很奇妙，似乎在一種模式、週期中輪迴著，工作有時密集、有時閒散（自由工作者的宿命），密集時曾經一個月只在自己的床睡過三個晚上，而閒散時，一個月只有三個晚上不睡在自己床上（回老家度假）。那時候看不明白自己活在一個週期模式裡，忙時會吱吱叫怎麼那麼忙？閒蕩時也吱吱叫，怎麼那麼閒？真是有工作也苦，沒工作也苦呀！

進入大齡的現在，要知曉天命了，可是，真的沒有那麼簡單！因為對以往的模式不再困惑之後，要如何明白這種迴圈式的生活週期對於人生的意義及學習，到底有什麼助益呢？又要如何不被週期模式控制而活出新滋味？（所謂的迴圈週期模式就像放假前會期待放假，放假初期享受放假，中期擔心假期要結束了，尾段則開始憂鬱假期結束後的上班壓力。週而復始像鬼打牆般的情緒，讓人沉重及不能真正享受每個時刻。）

把這樣的迴圈模式放在感情中，年輕時就真的進入鬼打牆的黑暗期，總覺吸引來的都是某一款人，那時充滿了困惑及不想跳脫限制，但現在看起來，一切都是有道理的（知天命階段呀！無奈）。像我總會吸引極度需要被愛、被寵、被包容的「男孩兒」，無論實際年齡為幾歲，他的內心小男孩總是會被釋放出來見客。突然在這段關係裡我成為了他的母親（很多女生談戀愛都有的經驗吧！），直到有一天，自己發現在關係中從來沒有當過女朋友被寵、被愛、被包容後，內心就決定要畫下休止符，然後找一個時機轉身離去。

大齡在感情上有個煞車閥，會用理智先踩煞車仔細看看對方長相、性格等等，再決定走開或留下。即使留下，也會留條後路給自己：「絕不全心全意」。直白的說就是，大人都輸不起，因為擁有太多外在物質（錢、車、房等等）及內在條件（經驗、比較、共同的未來之可能性等等）衡量，所以，已經不會像少年家般勇猛地義無反顧陷入愛情之中。當然，也曾在新聞裡看到「飛蛾撲火」的中年愛情，結果大部分都很慘，多是兩敗俱傷、你死我亡之收場。所以才覺得適時運用大齡煞車閥是如此重要！

但，大齡追尋真愛的隱藏者多如過江之鯽！無論有無婚姻狀況都渴望「真愛相伴，此生無憾」。只因我們都還是肉體凡胎之身，尚未練就神仙妙化之體呀！竟然在知天命的年紀又渴望來一下「真愛何處尋」的苦楚，這又是什麼老天爺給的考題呢？

「恐懼」倒是大齡要勇敢面對的題目。恐懼什麼？看似一切都好的大齡，還有什麼好恐懼？通常這個階段的大齡女子，有錢有閒、有屋有寵物，還有足夠的健康及努力保持的美麗，就是少了個真心的人相伴。而這一個「少」卻是最「大」的缺憾；「少」來自於恐懼，怕個性合不來、怕被嫌年紀大、怕脫衣服後對方的眼神，怕被背叛、怕面對親朋好友的熱切眼光、怕自己會心碎、怕……呵呵，很傻氣吧！什麼都還沒發生，已經將感情之可能性，「想完了」（完蛋、結束了）。

說實話，我也在恐懼踏出安全範圍的掙扎中。不是我想談就可以有戀愛的機會，如果不面對自己的恐懼，不放下那份大齡的自尊心（怕輸），結果是可以想見的：青燈古佛伴一生。

關於大齡的自尊心，由於許多人都非常貼心地不去觸碰，使得被他人順從慣了的高傲的心，永遠無法在喜歡的人面前表達雀躍之情。這讓我想到電影《新娘百分百》中，茱莉亞蘿伯茲演的大明星站在休葛蘭飾演的小書店店長面前說：「我只是一個女孩站在一個男孩子面前，希望男孩子能夠愛自己。」一說完轉身就離開了。大明星有許多限制、許多恐懼，最終她放下自尊表達她也不過是個女孩子，渴望被愛而已。

而大齡的我們，何嘗不是如此，懷有那麼多恐懼、那麼多限制，但渴望的卻是小女孩最簡單的願望。

自尊的高牆讓大齡有地方可以躲藏，以為很安全，卻是寂寞又悲傷。

知天命的現在的我，知道那「自尊的高牆」必須倒下，沒有必要坐在雲端（有時也是被「德高望重」頂上雲端）。我學習覺察每一份尊敬及順從都是一塊塊高牆的磚，於是我輕輕拿著，然後重重摔碎。

花若盛開，蝴蝶自來，人若精采，天自安排。

我呢？

少了不必要的自尊，倒下不必要的高牆，接下來老天爺，就交給祢啦！

在民心劇場演的京劇《三岔口》，反串生角「任棠惠」，很帥吧！英氣勃發、眼睛炯炯有神。不知在感情之中，是否也能如此瀟灑、時時保持清醒，以這樣的澄澈目光，看清愛的本質呢？

感情的鎖鏈

女人是渴望被愛，而不是被騙呀！
但為何那麼多人甘願被騙，也不願清醒呢？

某些早晨醒來時，摸著自己的心，問道：「為何心慌不平靜？是因為年過半百而心慌？是因為人生有時盡而著急嗎？」如常的準備早餐，而心中卻沒有停止詢問上天：「神啊！你在嗎？有聽到我的問題嗎？」

曾經看過一本以青少女為主題的書《神啊！你在嗎？》，描寫一位少女在青春期，心中懷有一堆不好意思問父母、老師的問題。所以，她每天在心中祈禱，問著神各種問題，例如為何有月經？為什麼長胸部？為何開始注意男生？為何總是心慌慌、意亂亂？現在回想起來，我也不免要問神：「你為何要收回月經？為何我有縮水下垂的胸部？為何男人不再注意自己了？為何沒男人注意的心情會那麼沮喪……？」

最近看到一些關於詐騙集團欺騙大齡熟女金錢的新聞，完全是利用「感情」的脆弱點切入。「網交」在朋友圈是很流行的，只是我不知道而已（真是土包子呀我），女性朋友可是因此找到了人生下半場的春天！這是好的結局，但是新聞中的熟女們，急切地跑去銀行匯款，生怕卡在海關的情郎無法相見，所有人都知道那是個騙子，但只有當事者深信她的情郎擁有一片真心，絕對不是騙局、不是幻相。

關於「幻相」，愛默生曾寫過這樣的詩句：

幻覺牢不可破
編成無數的網羅
美麗的圖像不曾令人失望
層層堆疊，霧裡看花
相信魅惑之術的
是那些願受欺瞞的人

好慘好慘的一首詩吧！

然而，「相信魅惑之術」究竟是一種什麼樣的心情呢？明明是有腦袋（理智）、有口袋（錢）的熟女們，她們不是笨蛋，她們只是寂寞，不方便四處昭告天下：「我好孤單寂寞，快來追我吧！」也不會主動追求愛情（多數女性還是被動等待被獵捕）；不然就是患上「主動追求異性創傷症候群」——男性被嚇到跑得老遠，女人在外聲名狼藉，於是封閉自己成為宅女。

女人是渴望被愛，而不是被騙呀！

但為何那麼多人甘願被騙，也不願清醒呢？這是一個很深很深的洞，要面對它，是需要足夠勇氣的。如果那個「影子對象」，給的是從來未曾有過的讚美及愛意，而「他」一開始也似乎無所求的只是喜愛著自己，那份防衛之心就很容易悄悄被瓦解，令人展現出如「茱麗葉」般為愛赴死的少女心，以及千軍萬馬都喚不回的勇氣；女人因此寧願落入深淵也不願醒來，自顧在美夢中沉睡著。仔細覺察，愛戀中的少女心就有如工作展現的獅子性格！重點是，熟女們知道自己皮鬆肉垮、髮不再烏黑，對外表不再有信心時，竟還有男人可以不計較任何樣貌條件，發現自己的內在美。觀察到這裡，熟女們整個人都融化了，對方的句句言語都是甜蜜愛意（其實是幻聽），每項要求都是兩人未來共同生活藍圖（其實是幻想），甚至還用電腦組合一張全家福的照片（根本是幻覺），所有現狀都在自己的幻相中加速，形成牢不可破的現實。因為，熟女馬上就要與深愛她的網交幻影結婚了。幻影對象完全滿足了夢幻少女心的渴望，一切故事都依照著幻想路線發展得非常順利。

或許每天早晨醒來，熟女們總是摸著自己的胸部問：「他會不會覺得它下垂或太小不豐滿？」接著往下摸：「肚子會不會太大，腰圍太粗了些？」摸到屁股時，「會不會太鬆垮？」當然，其他就不需言明，否則，文字馬賽克又要出現了。可是，當幻聽出現，不斷催眠自己「這就是你呀！我不在乎那些，你的一切我都愛（其實愛的是錢吧！）」此時，熟女們不會再問「神啊！你在嗎？」，而是轉問「親愛的，你在嗎？」這個問句，會持續到有一天熟女們從詐騙中醒來，才會再度投入神的懷抱。

我有一群大齡熟女好朋友，各自有習慣安頓身心的方式。某一次她們相約去宮廟問事，而這位師父非常優秀，乩身是位博士，也因為好奇的緣故，我難得與她們一同前往看看（好現實啊我！哈）。

等了好一會兒，看著眾善男子善女子（包括我）殷殷期盼解決人生困境，此時心中真的在問：「神啊！你真的在嗎？」人生走到半百了，也是經驗過無數風雨，漸漸可以接受生命的種種挑戰，雖然尚未全然。此時，心中迴盪著人生走馬燈（小小的走了一下）：還有什麼遺憾嗎？還可以貢獻什麼給這片土地呢？還是……說時遲那時快，一下就叫到我名字了，我邊走向老師對面的座位，心中問題尚未出口，師父就仁慈地說：「你現在要做的事情是找個伴，好好安頓自己的身心，不然，整個人都不落地……」其他我都聽不見了，眼淚已經噴了出來。只問老師：「我還有機會嗎？我都已經想說算了。」老師說：「怎麼可以『算了』，這是你的人生主旋律呀（這是我的詮釋）。」原來如此，我逃不掉了。

這是我的困境——逃不掉的愛情主題，又不想被詐騙被利用，又不願落入幻相，但又必須進入幻相，×！真是太難了吧！

看來，只有拿出殘存的一點少女心和積存已久的勇氣，來面對這人生主旋律！或許，真正看清自己的想望，不躲避內心渴求，才能用更澄澈的目光、實際的行動進一步追逐，而不被感情的鎖鏈牽絆住。「神啊！你真的是在耶！」我擁抱著心中呵護自己的神，也默默期待接下來有什麼令人驚喜的好事發生。

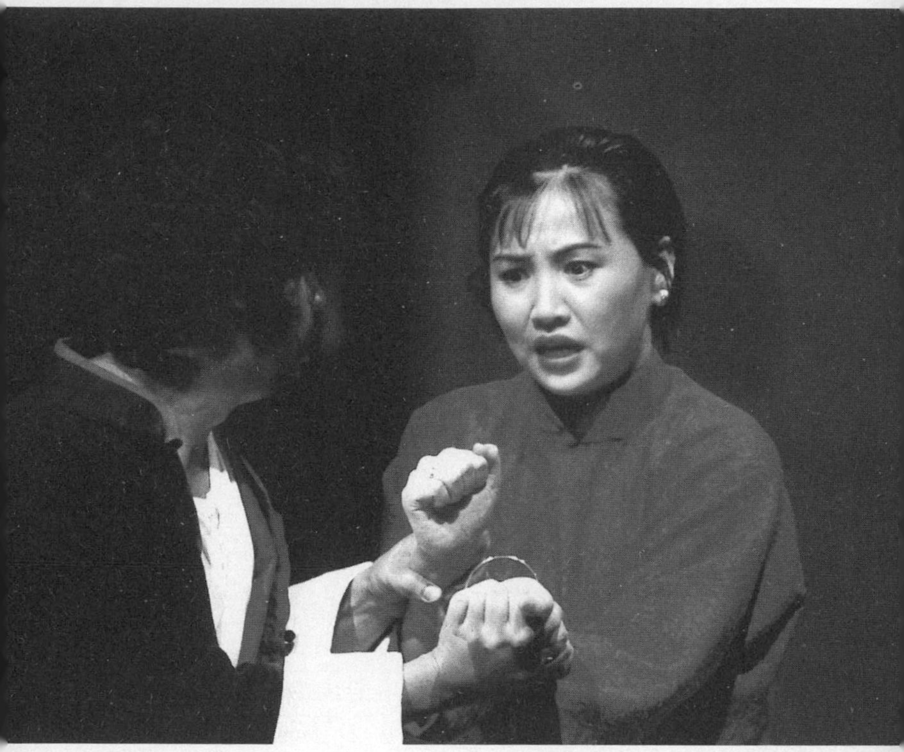

一九九六年參與新加坡藝術節，演出曹禺的劇本《原野》。與異國劇場團隊合作、受到讚賞時，才發現自己原來真的不錯！如此無形的肯定與祝福，是我一路珍藏至今、持續灌養自信壤土的絕佳禮物。

情感斷捨離

給出他人真心的祝福之前，
先把這份大方的祝福給自己，
然後，才有能力祝福他人。

無論活到幾歲，在感情上都需要學著勇敢「斷捨離」。

前陣子，與一位輕熟女見面，她聊著聊著就淚眼滂沱了起來。原因是她覺得自己在感情上太小氣了，為什麼容不下未婚夫的前任女友，要求未婚夫將以往和前女友的共有物件，從現在住的地方（以前是他們住的地方）挪出，退還給前女友。輕熟女對自己在意的心有罪惡感，感覺不夠大氣，甚至只能睡在自己新買的沙發上，無法睡在他們一起躺過的床上。因為感到很難受，她覺得自己像是被推進一個框框內，以填補空缺的方式……未婚夫完全自在，而輕熟女則完全疏離。

年紀愈長，需要「斷捨離」的東西也愈多，物件容易「斷捨離」，了不起再花錢買回來。但關係的「斷捨離」呢？似乎就沒有那麼容易了：千絲萬縷的情感，既非一朝一夕建構，所以，也絕非一夜可以處理乾淨。因為在關係中，我們都想當好人，不想撕破臉，不願說出自己計較在意的部分，都想要「大氣」以對之。

在我曾經的婚姻經驗中，「新婚之夜，新郎是拿著電話安慰他前女友，我則是假裝大氣地窩在床上『淚眼滂沱』。」我完全沒有告知對方，這通電話是讓關係決裂的第一顆種子。而這顆種子是有生命的，只要任何不順意的溝通不良，就為它灌溉了養分，直到它長成一個怪物，吞噬了關係與婚姻；我幽幽地和輕熟女說著。

如果為了捍衛一段感情，「小氣」是一定會的呀！除非我們真的可以了解，對方正在受苦，如同我們的難受一般，不然是給不出真心祝福的。「斷捨離」是先斷了自以為是假裝不在乎的內心矛盾情緒，認真看清自己是有地域性，如同動物一般會護食的，捨棄假想中那個擁有高貴情操的自己（自己還沒有智慧，無法那麼清明，所以才會小氣，才會糾結，才會痛苦）。接下來，才有機會離開令自己陷溺的情緒深淵。

我是到大齡的現在才有能力釐清一部分關係紐帶，不再被人綁架，不再當個濫好人，卻更可以做個對自己誠實的人。也因如此，就常常直話直說，箭中紅心地令人難以招架。例如：你們的頻率是一週幾次？他夠強壯嗎？你的體力如何？有練回春術嗎？問得她臉紅心跳，想躲到餐桌下（因為在公共場合吃飯）。另一位旁聽的輕熟女，則太久沒談戀愛了，我立刻在餐廳幫她招親，詢問服務的經理（又幽默又不著痕跡的）有沒有伴（因為他沒有戴戒指），神級的對話結束，訊息如下：賺的錢以後都會交給老婆，他喜歡現在的工作，台灣人。一來一往的對話，絕沒有直接題目：單身嗎，還是已婚？幾年次？有房子、車子、孩子嗎？神（嬸）級的我真的沒在害怕；但見另一位輕熟女，也是羞紅臉要躲到餐桌下了（如同周星馳電影《九品芝麻官》在如花房裡的戲）。

大神（嬸）有種讓人不了解的行徑，而這行徑，文明的說法是膽識過人，俗話就是：臉皮厚！為何可以這麼勇猛精進呢？因為太了解人生苦短，良日無多，所以要把握當下、歡樂度日。「臉皮薄」的下場經常是再回首已百年身，錯過了。而這種如金剛般的行動力，來自於對許多關係的「斷捨離」，明白沒有人是真正完全在乎他人的，多數人真正在乎的只有自己。既然如此，我又何必害怕自己的所作所為，他人是否能接受、認同呢（前提是沒有惡意）？

大齡後的自己，更加明白妙齡少女的我，是多麼困在他人眼光、認同的情境中，他人吞下了自己無法完成的期望值之後，早已離去，而自己卻背著那份期望繼續匍匐前進，直到「受夠了」！

大齡時對玩樂充滿熱情，但對很多事情卻失去了耐心，包括感情；在曖昧期就可以確定對方是不是可以交往下去。以往年輕享受對方在曖昧時所給的想像及呵護，到大齡的現在，已不再浪費時間於不確定的路上徘徊了。

後來，輕熟女笑逐顏開地討論著要買新床（新婚當然一定要的啊），重新粉刷房子的顏色（新婚當然一定要的呀！），還有，養一隻屬於他們兩人的寵物（新婚，一切都是新的）。

情感的「斷捨離」讓我學會「真正的大方」，真正的大方是能給出真心的祝福。而在給出他人真心的祝福之前，先把這份大方的祝福給自己，然後，才有能力祝福他人。

讓我們一起練習「斷捨離」吧！

影武者

雖然，影子很大，
只要發現自己活在陰影中，終有走出的一天，
終究可以活出屬於自己的感情世界。

「我有分離焦慮症」，看著車窗外不斷繼續的美景，我幽幽吐出了這幾個字。開車的朋友說：「幹麼要焦慮？又不是不再見面了。」而此時的我繼續望著窗外，心裡卻想著：「唉！你不懂。」

自問為何要在分離前產生這麼強烈的不安情緒，並且當天早晨就已經發動了焦慮模式：說話不好聽、百般挑剔所有行動及言語，並且過度解讀對方意思，讓他感到不知所措並逐漸有了情緒。但是，對方的這種反應卻會讓我安心。為什麼呢？表示對方在乎我？抑或是想假裝對方並沒有占據我的心？真是太矛盾了吧！而這個矛盾是有殺傷力的，像水滴可以穿石，「終有一天，我們會分開，所以現在不用太認真、太投入，或是你不可能懂我的感覺，所以我也不需要說明或溝通自己的困境。」這個想法，讓自己的愛情基調是悲觀的；因為，總在愛情敲門後，這悲觀的念頭也像古生物病菌般，從冰原復活。

愛情的渴望一直熱切，但是總在如火般的熱情融化了冰層後，又被古生物病菌給消滅。只要不談「愛情」，不融冰，我就不用面對其中滋生的「分離焦慮症候群」的所有副作用及後遺症──傷心、失望、悲觀等「愛情肌無力」現象。這種「肌無力」症狀，是一種愛情的肌肉萎縮症，終生全身癱瘓，最後必定讓心臟結冰（因為冷漠看待人生所致）。

既然「愛情」肌肉生了病，焦慮現象出現是一種提醒，這種提醒有點像心肌梗塞的前兆，產生胃痛、背痛、肩膀痛、牙痛、腰痠、手臂痛，這些身體上的提醒，若一直忽略它，就得上病院看自己的人生走馬燈一幕幕奔馳而過了。因此「愛情肌無力」的症頭也是有前兆的：焦慮、挑剔、具攻擊力，冷漠、少言、不在乎等等，如果不注意的話，愛情走馬燈也會在午夜夢迴攪人清夢。失眠的症頭更是隨之而來。

而現在，這個「分離焦慮症」好不容易出現了，就要把握機會好好觀察它，看它到底要告訴我什麼呢？

心理學有討論過這個現象，稱為「SAD」（social anxiety disorder，社交焦慮症）。但我不是心理學家，我也過了嬰兒期。為何它對應的影響仍是如此巨大？在愛情的道途上，如同殺手般潛伏著，隨時都可能大開殺戒。大齡的現在，總有破解它的一點智慧了吧！不能再無明的、不明就裡的活下去，就像在道途上陣亡，也要亡得瞑目！最起碼大齡還擁有這樣直觀「殺手」的勇氣。

發現自己在幼稚園時期，寒暑假都會陪伴父親去工作，可是父親是軍醫，他上班時不能帶著我，於是我就被留在一戶農家中，與屋主及他們的小朋友一起玩。鄉下真的好好玩，好多果樹、農田及烤地瓜。我每天都好多人陪伴，一點都不無聊，玩得不亦樂乎！可是，我的內心，總一直思念著父親，想著他什麼時候回來，什麼時候可以帶我回家。我的心是害怕的，可是我必須要乖，不要讓父親擔心；那時我五歲，被放置在陌生環境中一整天，身心隱隱浮現出對分離的不安全感。黃昏，聽見父親回來的聲音，我便飛奔去抱緊他（是抱得很緊很緊的那種），生怕他會消失……

現在，當時開車那個男子，早就被我的「分離焦慮」給弄得手足無措落荒而逃了。如果再來一位可以出遊、玩耍、戀愛的對象，我還會「老症頭」再犯嗎？再把對方嚇跑嗎？

「父親」的原型是女孩心中男性印象的建構者，世俗說法諸如「前世情人」之類的。為了要破解「死神進入愛情」的魔咒，我總要在大齡的現在，給自己回顧的機會，整理一下人生模組是如何建構，是如何運作，如何持續影響著自己。抱緊父親的小女孩，早已進入半百大齡，現在擁抱的是「父親的影子」。沒有任何一位男性想成為自己父親的影子，所以，我要重新真正地看見對方、聽見對方、感受對方，不能用某個不再出現的影子繼續操縱自己的感情路了。

雖然，影子很大，只要發現自己活在陰影中，終有走出的一天，終究可以活出屬於自己的感情世界，縱使現在已經是大齡。而且，要持續保持笑容地活著。

髒東西

渴望愛情出現，就要去想清楚核心是什麼。
是希望生活有人陪伴，
還是忍受不了短暫夜晚的孤枕難眠？

我想了解「自己」到底為何長成現在這個樣子，但又不愛算命。以前我娘就說過「富燒香，窮算命」，所以，再怎麼想知道自己的未來，仍然不選擇他人告訴我接下來的人生路該怎麼走下去。縱使好友的母親是高手，也應驗了一些事情，但我仍保持清醒，絕不「花錢算命」。該怎麼走下去？自己可以掌握吧！可以創造吧！我是這麼相信著。

大齡女巫會，是我們一群單身大齡女子的不公開社團，成員六位女性。我們每年年底會聚在一起向宇宙許願、下明年的訂單，及分享今年的願望達標率為多少。《牧羊少年的奇幻之旅》中說：「當你真心渴望追求某種事物的話，整個宇宙都會聯合起來幫你完成。」這句話在女巫會體驗特別深。關於工作賺錢、是否得獎、年終獎金命中率近乎百分之百，但唯獨「愛情」槓龜，為什麼呢？是自己真心想要，或只是口頭嚷嚷而已？還是心底其實害怕親密，覺得自由價更高？這部分我一直不懂、一直覺得困惑。縱有長輩提醒，我的夫妻宮住了「仇神」，只要結婚就一定離婚（這也是事實證明過的），所以，只要談戀愛就好，不要進入婚姻。年輕時聽了好高興，只要享受戀愛，不用負擔婚姻中的種種過程。但現在已經過了我挑人戀愛的階段，可是，那顆少女心仍然蠢蠢欲動，怎麼辦？

有個朋友是人類圖解讀高手（我很時尚吧！最新了解自己的法門都涉獵），他看著我那張像電話板的人類圖通道設計，直接說我是「好貨」！「愛情好貨」的意思是指在愛情中很懂得付出，能讓對方享受我那滿滿的愛的大平台。可是，自己卻在心裡等待對方愛的回應，不是用溝通的，而是透過在小黑板上做紀錄的方式，所以對方只要給的回應是尊重或是珍惜感，本人絕對加倍愛的奉還；但也只有愛上這款人是覺得舒爽、幸福的（我也好想被這種人的愛包圍著）。絕大部分人都把我當成「愛」的銀行，回饋少少、得到多多；於是我覺得好糟，真的有種「超級敗」（台語髒話，請自行解讀）的感覺。當我表達了這份負能量，他立刻又給了我信心：「你的設計很有趣，有個檢視警覺的閘門，知道這個人有沒有真材實料，是不是潛力新星末來股，抑或是他能否足以匹配自己的『愛』，很現實的。」天啊！原來我仍可在有限時間看穿對方是否擁有足以吸引我的愛的能力。我「超級駭（High）」，不會再浪費有限微量青春了！他建議我要當諸葛亮，等待邀請要耐得住性子，不要人家一邀便上鉤出門（好佳在我本來就龜毛加上很忙，不容易單獨約會），要有耐性，才能等到好貨。天哪！這種建議也太挑戰我了，因為耐性一直不是我的強項。所以年輕時在愛情路上頭破血流，覺得別人喜歡我，我就要回報他，根本搞不清楚自己要什麼就已經被放到賢妻良母好牽手的甕中（說的好像人彘般）。而今，我長大了，有點耐心、可以等待了；愛情路上終於不會困在他人點滴待我，我就湧泉以報了！

「女巫會」的成員們，個個身手不凡，術業有專精，都是公司行號的頭兒或是負責人，是對自己生命有方向感的大齡女子。而唯獨愛情這項，能力都屬幼稚園等級；我為了要從幼稚園畢業，又不能偷呷步地去「花錢找顧問」，純屬愛情浪漫死硬派，該尋找什麼方式來解決畢不了業的窘境呢？

《當和尚遇到鑽石4：愛的業力法則》這本書出現了，此時有種拿到參考書的興奮感，覺得自己可以離開幼稚園！

業力就像種子，種下後要持續灌溉。這個概念是基本款；重點在「種子」是什麼種子？何時種下？種在哪裡？才能產生「愛的善循環」。「種瓜得瓜、種豆得豆」的道理，這裡也說得通。例如：現在我渴望愛情出現，就要去想清楚核心是什麼。是希望有人陪伴，不再懷抱一人存活在這世界的寂寞感？還是忍受不了短暫夜晚的孤枕難眠？我真的在午夜時分問過自己：我寂寞嗎？一個人躺在大床上的感覺是什麼？問過千百回，答案都是一樣的：不寂寞、很自在，喜歡現在的單獨時光，我可以陪伴自己，我也喜歡自己陪伴自己。但，這是我的舒適圈，我要挑戰自己跨出舒適區，才能從愛情幼稚園畢業。所以，參考書的出現，像是點亮了光明燈，讓我有了方向可以前進而不會迷失。

自問愛情中我真正的需求是什麼？書上寫：如果是陪伴，我必須先去陪伴他人，有耐心地、無條件地去陪伴一位真正需要陪伴的長輩之類。看到這段話，心中涼半截，因為我那麼多事情要做，哪有空閒去找個老人家、無條件地陪伴呢？再一轉念，難怪我那麼長的時間都沒有伴侶，因為我沒有種下這個種子，所以再怎麼向老天爺許願、下訂單，都像是空的信封套，沒有內容物就 send 出去了，老天爺打開一看，怎麼空空如也？所以年底女巫會結算心願達成清單時，「愛情」那個選項永遠是「心想事不成」的結果。

希望現在行動還不會太遲；我要走出「我挑人人、人人挑我」的負面思維，必須真心誠意地種下「愛與友善的正向種子」。

承認「了解自己」是多麼的淺薄，這是在大齡後才願意面對的真相，也只有這時才明白許多老人言是那麼真切、有智慧，但也只在擁有的愈多卻恐懼失去的時候，才能選擇放下那些自以為是的成就、名氣或虛假的人格，才發現要對自己現在的處境負責（一切環境都是自己的投射縮影），要對自己的長相負責（美醜、善惡都是相由心生的養成結果）；當然，偶爾也會來點負能量，讓自己平衡一下，讓自己還擁有人性（看見內在的醜陋及髒東西）。

過了三十歲，覺得有些惶惑、有些著急。到底要不要進入婚姻？還是先追求當下的理想？這是個關卡，唯有卸下恐懼，才能坦然面對。「三十歲，就來吧！」我欣賞且深愛這樣勇敢的自己。

友善距離

遇見前男友，
可以在他打量著我的同時，
我仍喜歡及欣賞著自己，而不想：我們都老了嗎？

距離表示了關係的遠近；愛人是零距離，朋友是可以觸碰到對方的距離，仇人是遠在天邊的距離；前情人的距離呢？是一個紅綠燈還是一整個台灣的距離？

到了大齡階段，擁有一位以上的前情人是很正常的事情，如果超過一位，在路上不期而遇的機會就增加了許多，原本一整個台灣的距離立刻變成一個紅綠燈或一條巷子頭尾的距離。當看見對方熟悉的身影，同時對方也看見了自己，更是想逃也逃不掉，只能硬著頭皮走上去Say Hi：「你最近好嗎？」彼此開始打量彼此，如果身旁有伴，則也列入目前生活狀態活得好壞的評斷標準。而這種距離也與當初為何分手、分得如何有密切關聯；分手時年輕不懂人情世故，就會多些空間，而這距離會隨時間漸漸縮小，如果大齡的彼此都處單身狀態，就可能再續前緣。當然，若是彼此有婚約在身，仍可能瞬間乾柴烈火，完全零距離之後才恢復理智，成為回憶，繼續保持最遠的距離以測安全。但是，若是分得不好但又逃不了的狀態，這份距離就如彼此之間有根竹篙頂著一般，撐住那不可被逾越的安全距離，點頭、擠笑，然後，快速離開現場，只留下狼狽的殘影在路上喘息。

但有一種距離是在大齡階段才可能發生的：曖昧的距離。

因為健美、養眼、活力四射、才華洋溢的少年小夥子（俗稱「小鮮肉」）仍深深吸引大齡熟女的目光，但怎麼樣保持欣賞青春活力的角度，或是提攜後輩的寬闊心胸，都是需要拿捏的曖昧距離。

最近，有些老男孩（三十～三十五歲左右）對本人表達好意，在肢體上的距離是很少的，時而拍拍碰碰總是有，也是令人愉悅。如果，我與他們年齡相仿，這肯定是追求者的訊號、給不給約會的暗示；但是，這個手掌間的距離卻十分複雜，在大齡階段我是如此明白，他們喜歡我是因為我是長輩，很安全，他們喜歡碰碰拍拍是因為我不會回應「你在把我嗎？」，或是他們喜歡與一位有智慧、有人生歷練的長輩聊天，就像吃一頓性靈大餐，只需要付一些肢體碰觸作為pay，彼此賓主盡歡。雖然我可以拒絕，但我捨不得拒絕，因為享受這份被喜愛又無負擔的距離，是多麼美好呀！

有些距離一定要立刻畫下清楚界線。例如，他真的小到可以當自己的孫子，他的父母年齡與自己相仿，縱使對方願意交往，已經理智主導大齡生活如我，也必須分辨什麼距離是最適合彼此的最佳安全距離。這份清楚明白，或許也是一種人生樂趣的損失吧！

當然，也有一種距離是心理的距離。一輩子都在內心設有距離的想念他，每夜邀請他入夢來的不能說的距離。因為是祕密，所以只有天知地知及自己知，這種距離絕對不能說出來。而另外還有種距離則不能被「說破」，例如：對那些喜歡逗弄自己開心的「少年家」們，如果我一說清楚他們的內心狀態，彼此都尷尬，彼此都不再保持這種曖昧的友善距離，這不是我人生樂趣的一大損失嗎?!所以「不可說，絕不說」，成了大齡們保持距離的重要原則。

遇見前男友時，我可以輕鬆自在地微笑靠近而不失分寸嗎？我可以從他眼中看見彼此在時空相隔之後的距離是遠還是近嗎？我可以仍然如少女般撒嬌而不害怕嗎？我可被他深情地望著，而如如不動嗎？我可以在他打量著我的同時，我仍喜歡及欣賞著自己，而不想：我們都老了嗎？

似乎，所有過往的戀愛，都在相遇的那一瞬間，將時間、空間造成的距離，瞬間消除了，瞬間到了那個彼此記憶最深刻的畫面；該清理的、該道歉的、該表達的情緒，似乎也因時空的距離，彼此都可以像看電影一般，看著一幕幕的戲，而有機會去理解，當初分開對彼此是最好的，當下的彼此是完整的，原來的遺憾、怨懟、忿恨也都是一則一則的笑語。

大齡真好，可以雲淡風輕地看著過往的青春記憶，更可以淺嚐即止的品味著曖昧距離。當然，大齡也可能走鐘，走上「祖孫戀」社會新聞路線。因為大齡，沒有什麼可以再損失的了。唯一的損失，就是「錯過」。

勇闖非安區

只有勇闖「非安區」，
才能知道這份「自由」感，
是離婚為我們帶來的處方之一呢！

今天，才發現「離婚」的好處。

最近與「小鮮肉」們約會頻繁，也不知為何覺得有些「上火」，心中小小雀躍了幾下，看著青春少年兄意氣風發的臉龐，聽著他們喃喃叨念未來如何充滿困境如何勇敢向前，彼此一邊啜飲著高單價莊園咖啡（三百元一杯，稅外），其他都不重要了，盡情享受屬於自己與「他」的小時光。

他提及「離婚」的女子是「無害」這個概念，讓我深深倒吸一口氣，想一探究竟。他說：「如果是與單身、不曾有過婚姻的女生相約喝咖啡，這種簡單的事就會變得很複雜，彷彿這杯飲料喝下去，就代表我必須追求她，接著得對她未來負責，甚至最後就要論及婚嫁了（原來這是顆毒蘋果呀）。」然而，與我們這種單身有過婚姻經驗的女子喝咖啡就簡單多了，因為可以得到一些人生歷練的智慧結晶，完全不用擔心話題接不下去、或是否要走入情感微妙的曖昧區域，更別擔心口袋不夠付貴桑桑的咖啡錢。因為，大人會買單！

咖啡之約結束後，各自回到原來的生活節奏，不用詢問「你住哪裡？」、「怎麼回去？」、「要不要送你回家？」之類的後續，因為不用發展，也沒得發展，自己獨自走在回家路上，想著：離過婚的女人，似乎更中性、更勇敢、更獨立呢！對方不用煩惱自己回家路上是否安全，會不會遇到任何××或○○，因為，我們會照顧好自己，會對自己的生活、安全負起完全的責任。不需裝弱（雖然很想），不用撒嬌（雖然很想），強悍得像女超人般（根本不是這回事），刀槍不入（已學會自己舔舐傷口、療癒自己）。所以，離婚的章子一蓋，就像CAS的好豬認證般，成為一個好聊天、懂傾聽的好咖。

因此，「好逗陣」也是一種特質。

現代人面對關係中的責任，真的非常小心謹慎，即使是普通朋友也有 easy going 與否的分別。「好逗陣」的人，自然就會有一群朋友揪她說話，當然，也有依然活在離婚受害陰影中的婦女，只要她一出現，彷彿全世界都不了解她的痛苦，只有她自己忍受著回憶折磨。不然就是強裝沒事的人兒，可是，一團烏雲圍繞身邊未曾消失，那種渴愛的欲望、散發出來的甜度已帶有酸味而不自覺，經常也讓周邊朋友逃之夭夭了。

而「離婚」之後，我是如何走下去的呢（有些久遠了）？第一，我將結婚到離婚這條路，當作更認識自己的歷程。若把這視為一段求學生涯，我只是沒有在同個學校讀到畢業，而選擇轉學罷了。第二，我不是婚姻的逃脫者，也不是「離婚」二字的受害者，不把社會標籤貼在自己身上，學著完全接受自己在婚姻中的自私及恐懼。第三，我告訴自己不急著跳入另一段感情關係，因為我只想釐清自己對「愛」的期望及回饋究竟有多少條件。當然，可能還有第四、第五等其他發現，我想日後定會在生活中慢慢浮現。

「上火」的我，真的受惠於「離婚」二字，因為我現在是自由的個體。曾經經驗過婚姻場景，成了我身上成熟的符號，我不再需要用美貌或荷爾蒙來召喚伴侶（日後若真的需要，希望到時還管用），而是氣質與善良的本質展現，讓自己可以在負責與不負責中，找到「無害」又「自由」的交友空間。

大齡女子，需要更多種類型的朋友，千萬別局限自己的安全舒適圈，透過勇氣去突破各種年齡層，多一些「忘年之交」（忘記年齡的男性朋友）、「紅粉知己」（性別不拘的姊妹淘）或是找到「解語花」（聽得懂心內話的療癒好友），這些情誼都能在離過婚後盡情展現，多美好呀！

或許，這僅是我的個人經驗，也來自於我不安於停留在舒適圈中，更不覺得年輕少年兄距離自己很遙遠（雖然年齡與他們父母差不了多少）。因此心理健康很重要，因為我真心覺得自己的能量愈來愈輕盈了，再加上不怕他們熱情邀我喝咖啡、聊是非，因為少年家們知道，我對他們並無「非分之想」。也許就是這份「中性」的尊重態度，加上沒有以前輩之姿給建議，讓彼此都可以在一份安心又信任的氣氛中，享受一段互相陪伴的咖啡小時光吧！

我喜歡看著「春風小鮮肉」侃侃而談自己的未來、開心與不開心，因為在他們臉上也看見自己曾經的青春。這種經驗真的很棒，建議每一位大齡單身、離過婚的你，都可以跨出自己的舒適圈，因為只有勇闖「非安區」，才能知道這份「自由」感，是離婚為我們帶來的處方之一呢！

輯三

我和我我們在一起

三十九歲，離婚了。眼神憂鬱不少，接下來的路該怎麼走？這樣的困惑會持續多久？我告訴自己，怪罪別人容易、承擔自己的責任較難。但兩個人的關係，怎麼會只有一個人的錯呢？對我而言，我需要真正看見自己，理解婚姻從無到有、從有到無都是一段練習的旅程。

人生悲喜劇

突然明白，死亡是人生旅程中，
換搭上另一種交通工具而已。
我自問，如果是去旅行，
為什麼會遺憾？會覺得可惜呢？

在父母眼中，我們永遠是個孩子，可以是個孩子，無論現在是五歲、二十歲或七十歲。但有一天終究會來——與父母親說再見，這些經驗我都經歷過了。

母親離世較早，但她生病那幾年，正是我在劇場表演工作的狂熱期，總是充滿理想、抱負，想一展才能的翅膀。而那還是沒有手機的年代，發生任何事情都無法通知，所以，養成了守信用的好習慣。記得，母親重病期間，我正參與綠光劇團《都是當兵惹的禍》實驗劇場演出，當她最後一次放射治療大出血，那時我在醫院陪伴母親及父親，這個緊急狀況發生當下，父親雖然是退休醫生，但也慌了手腳，只見母親坐在自己的血水裡，無辜凝望著我，而我心急如焚地看著她逐漸蒼白的臉，心中卻惦念著開演時間快到了，怎麼辦？（那是無手機年代，即便有，也是要去演出，不然就開天窗了，沒有人可以替代）。醫生們立馬緊急處理，但時間已近晚上六點，觀眾七點入場，而我人還在天母榮總；因此也只能硬著頭皮向父親說：「我要進劇場了……」父親非常不解地看著我：「是演出重要？還是母親重要？」

《都是當兵惹的禍》是齣喜劇。

我急匆匆地叫了計程車飛奔至實驗劇場，大家都不敢多問我怎麼了，只是看著面色鐵青的我急速化妝、著裝、站定位。第一場戲迎親的喜慶音樂一下，我的嘴角非常專業地上揚了起來，完全將醫院的消毒水味、母親無辜的凝視、父親不解的表情全部拋諸腦後。我完全不讓自己有一絲分神的機會，唯有全然專注當下，才能救贖自己的不安及罪惡感。

戲謝幕了，觀眾散場了，而我真實的人生大劇才要上演。

也不知卸妝時的臉上是淚水還是混著卸妝油，將臉上的妝一一消溶，接著頭也不回衝出劇場，直奔天母。計程車上心中想著：會不會一切都來不及了？這種心情持續不斷，走在醫院長廊，燈怎麼特別白？消毒水味道怎麼濃到令人快窒息？此時，愈靠近母親病房門口，腳步就愈來愈慢，擔心床上是空的……我緩慢地貼著病房門，偷偷看進房內，父親趴在母親床旁累得睡著了，而母親的氣色，似乎也好了一些；突然，我淚流不止，覺得自己錯過了陪伴他們最困難的時刻，我好自責……

時隔多年，在有了手機的當代，遇到這些事似乎可以隨時機動調整，大大削減了親身體驗的痛感。

父親身體出狀況是發生在我拍客台《十里桂花香》時，收到姊姊發來他的病危簡訊，而正在工作的我真不知如何是好，只能全然專注在拍戲當下，以減輕自己的罪咎（好在我有之前母親的經驗），而下一通簡訊則是父親走了……這下我完全沒辦法工作，淚流不止地呆在休息室，大家問我怎麼了，我說我父親剛剛在醫院離世了，立刻就有人去告訴導演，整個拍攝行程可能需要更動。接著峰迴路轉，我又接到一封姊姊傳來的簡訊：「爸爸被急救回來了……」

而我，早已無心工作，我知道自己不能再錯過陪在父親身旁的機會。

坐上計程車飛奔至林口長庚醫院急診室，找到了父親病床位置，再也不肯輕易離開那張守護他的椅子。我們父女倆靜靜對望著，突然間明白，「存在就是愛」這句話是什麼意思。父親因為愛我們，他忍受著被急救的痛楚，靈魂回到身體裡，陪伴我們最後一哩路，讓我們自母親在家中突然往生的驚嚇中走出來；他存在的狀態，就是愛我們的表示（雖然他從未說出口）。

父親在安寧病房的那段日子，我天天在醫院陪伴他，生怕錯過與他相處的每個時刻。並且天天像辦告解似地向他表達我有多愛他、多感謝他。有時我們彼此對望，他眼角淚水滑下，我則不捨地擦擦他的淚，告訴他：「爸爸，你不用擔心我，你的小女兒長大了，懂得照顧自己了，雖然是一個人生活，也可以活得很好。而且，我已經準備好了，如果爸爸你想離開，隨時都可以走，不用留在這個軀殼裡，我知道你很愛我們，我們也很愛你。我不怕，你也不要怕，要向著光與愛的地方前進，媽媽會在那裡等你的……」這些話自己在嘴上、在心裡說了千百回，有時我會像小時候一樣，窩在父親身邊，再享受一次當小女兒的感覺（雖然已經年紀不小了）。

終於來了，那個終需告別的時候，終於來到了。

斷捨離在這裡是怎麼斷？怎麼捨？怎麼離呀？

父親嚥下最後一口氣時，他是面露微笑的，他給了自己的孩子們最好的禮物，一個安我們心的微笑。我們沒有哭，沒有叫，不用悲傷送走父親，因為父親用微笑與我們 say good-bye。

突然明白，死亡是人生旅程中，換搭上另一種交通工具而已。父親轉換了交通工具，走向他的下一段旅途。我自問，如果是去旅行，為什麼會遺憾？會覺得可惜呢？有沒有一種可能是，在人與人相處的過程中，我們並沒有表達出自己真正的感受，也沒有善待彼此的相處時光，總是被一些小情緒干擾而看不見彼此的善意。久而久之就愈來愈僵硬地說再見，但誰知道再見又是何時呢……於是，種種的遺憾、可惜遂綿延在未說出口的情感之間。

科技時代的發展，父母親的離世給了我不同的學習。大齡的我，已經早就是他人的長輩、前輩了，卻也愈來愈明白「人生不黏稠，自在歡樂頌，斷捨離我他，大齡沒在怕」。

隨時全然當下的專注、付出，轉身自在別無牽掛。

四十二歲，於幼獅文藝出版《一日性，你敢不敢》，拍攝難得的性感照（平日情慾戲是我的罩門）。我已準備好迎接熟齡的美妙，並學習走出種種生活與外在的框架。

萬歲生活

台灣已正式進入老年人比青壯年多的時代，
而我們有準備好迎接它了嗎？
我們有為後輩以身作則的展現對長輩負責任的行為嗎？

「每逢佳節倍思親」，年紀愈長愈能體會當年父母親的堅強與脆弱。

最近，我有位朋友，大齡美女獨自一人旅行，慶祝自己的四十二歲生日。臉書上盡是風韻美照，明明個子一五八公分，卻將自己拍得像一七〇一樣，腰高腿長的模樣像是宣告世界「來追我吧」！而當我私訊讚美她真棒，這樣的她才是真正的她時，她卻回我：「我是因為很痛苦才去旅行的……」因為剛開始交往的男朋友突然說想要一個人，現在不適合談戀愛，她百思不解，無論找盡各種理由與方法，都無法解脫這份痛，所以她才想從這傷心地出走，去完成一個人的旅行（本來是計畫兩人世界之旅）。

我朋友與母親的關係是彼此又愛又恨。她母親是位高貴的女士，也是個控制欲極強的媽媽。當我朋友過完生日，決定重啟自己的單身好生活，第一步就選擇她熱愛、又放下好一陣子的「國標舞」。知女莫若母呀！當這個決定告訴她母親之後，母親只是冷冷地回答：「你的傷還沒復元（無論是身體的還是心理的），再等半年吧！」

有母親真好，因為母親是走過大齡階段的女性，她有著淡定看世情的觀點，有著知道痛都是體驗、忍一下就過的智慧。只要她一句話，無論兒女幾歲，都立刻變成小孩兒，只有乖乖聽話的份了。

而我母親在我三十三歲過世，父親則一直未曾找到任何○○阿姨、××媽媽來陪伴照顧他，直到他去世。

在父親那段鰥夫歲月裡，可是挺迷人的，甚至吸引到許多大齡阿桑呢！然而最後，他卻嚴正拒絕了身邊所有曖昧的女性。為什麼要拒絕呢？我們小孩都覺得很好啊！有人陪伴、有人照顧多棒呀！可是父親想的卻是：如果在一起了，要不要給她名分（好老派的思維）？她有小孩，如果哪天自己走了，要不要留些錢給她與她的小孩

（真是夠老派了吧）？「那你們怎麼辦？我希望留給你們呀！」（老派萬歲！）

父親為我們著想，他忍住了很多需要。而身為子女的我們想得太簡單又太淺薄了。如果父親有了阿姨照顧，我們就省力又省心，責任更成了阿姨的，父親的好與不好都與自己的關係隔了一層，我們父女說不定也會漸行漸遠，心想：反正爸爸有人照顧，不需要我們太過費心了吧！

而父親卻為我們做了一件這麼重要的決定。我們呢？兄弟姊妹也因此全部動員起來，陪伴父親的日子，是我們最美好的記憶。因要陪伴父親，我們家庭聚會的次數及頻率增加了非常多，雖然只是吃飯、聊天、陪父親散步曬太陽，看著他的笑臉及思念母親的淚水，才深深明白那份對生命老去而無所依的愴然淚下，是多麼需要勇氣面對呀！也因為陪伴照顧父親的責任，由全家兄弟姊妹共享，使得原本與父親從小漸漸疏遠的姊姊，似乎也得到了療癒及和解。我們沒有將父親送到老人安養中心，如果送去了，我們就有許多愛難以表達，有許多情感無法被深深治癒。

我是何其幸運，生在有五位兄弟姊妹的家庭，而他們也各自有家庭及小孩，我有享受到大家庭的溫暖，也保有了單獨的自由。

台灣已正式進入老年人比青壯年多的時代了。

這也明示大齡社會的來臨，而我們有準備好迎接它了嗎？我們有為後輩以身作則的展現對長輩負責任的行為嗎？還是，只要有錢就夠了？將年邁雙親送去某某中心，讓他人照顧？而自己拚命、埋頭將賺的錢交給照顧者，似乎自己的責任就了結了呢？然而身在其中，是不是賺到了錢，卻失去了愛與信任的連結？我們是後輩的學習對象嗎？如果是，那我們肯定也不願在老年被當成廢柴送進某些「無用安養中心」吧！所以我們就只好更努力賺錢、存錢、保持健康、享受生命，因為知道不會有後輩來照顧我們，因為整體社會並沒有給後輩示範的例子，大部分例子仍是送進某某「長照中心」之類的。

「照顧」是個關係流動的建構詞彙，當「照顧」成為工作後，就可以依照法律規範辦理，可以無情的切換照顧關係，於是被照顧者的感覺就成為最不值得討論的枝微末節。於是被照顧者就縮回自己小小的回憶迷宮裡，漸漸切斷與外界的所有連結絲線（唉！怎麼覺得好像預言呀）！緊接著，退化、遲緩、失能就出現在整個老人世界了。

我那大齡女性朋友對她母親可是愛恨交織的不離不棄，彼此的照顧與陪伴是多麼美好（老派吧）；而我家兄弟姊妹與父親老年的相伴時光，那麼綿密與細緻，有時即便吵鬧、翻舊帳，也能快速修復並解開心結（多療癒呀）！

縱使陪伴與照顧父親的時光，已足夠我們回憶到自己終老。可是，當春風吹起，掃墓季節來臨時，總還是會被思念淹沒。所謂那些看似夠了的記憶，仍是那麼不足……

而我想念父母親的方式，就是將老派生活發揚光大，年節熱鬧不能少，燒香祭祖人人到，清明鬼月燒燒燒，嫦娥月兔樹下聊……我身上流著老派生活的血液，因為是父母留給我們的，如果過年過節的氣氛淡、後輩不愛，那就要問問我們這群中堅大齡分子，到底為後生晚輩們留下些什麼呢？

如果哪天你們看見我，穿著老派衣服走在大街上，千萬別大驚小怪，但是可以過來跟我合照唷！

二〇〇三年，我享受單獨的自由、享受熟齡時期仍擁抱的「老派生活」。眼神透露出的知性與自信，是我知道我自己要什麼、我能真心誠意地給予他人什麼。

浮袋？福袋？

我要得到什麼鼓勵讚美，
就先給出去鼓勵與讚美吧！
但，有個前提是，要真心的給、誠意滿滿才行。

「過年」，我喜歡老派地過。這絕不是單單因為大齡，使得懷舊或復古魂上身，而是那份祝福的傳承、全家相聚的過程：幾杯酒下肚後，前朝恩怨情仇來一次大清理，吐槽大會三輪過後，再送上祝福及感謝，並將新年新展望侃侃而談地告知天下（新年心想事成的願力大吧）！

「紅包」又是一個年味必備的道具。紅包一出籠年味兒立現，因為這紅紅的小紙袋，只會出現在好事上面（日本除外），小袋子裡有形的叫現金、無形的叫祝福。如果直接給現金，俗氣了，因為成了交易行為，買賣不需真心祝福。但只給紅包袋，裡面沒現金，收到的人必然翻找數遍後翻臉大罵：「裡面的錢呢？」當然，如果有人回答：「是祝福的心意呀！你沒看到嗎？可能祝福太大，紅包袋太小，放不下或掉出來了吧！」這種話一出口，肯定被罵：「神經病！」

過年，小孩最高興，但若年紀太小不夠懂事，高興的便會是父母了。現今父母將孩子的紅包收存起來當教育基金，紅包袋讓小小孩收著放口袋，因為那是祝福的象徵。可是孩子再大一點，懂得現金與祝福是同等重要的時候，就不能用祝福的心意來呼嚨他們了。而我們也是從不斷收到「紅包」有形無形的老派生活中逐漸長大。來到大齡階段，基本上都是給出的多，收進來的零。可是，再大一些到超大齡之後，又能得到子孫的紅包祝福（有現金有祝福）。但現在這個階段最是尷尬，因為有工作能力，足以照顧自己，沒有家累的大齡單身無子的我，是不太可能收到紅包的。

可是，祝福呢？還是需要的呀！鼓勵、讚美呢？當然，一定不能少！

可是，活到這個年齡，多是給他人讚美與鼓勵。因為自己夠成熟也更溫柔，卻變得寂寞了。成熟到明白少年家需要大人的支持及陪伴，何時給建議、何時給鼓勵，何時又該忍住讓他去碰撞，更溫柔地在他受傷時傾聽及陪伴；然而為何寂寞呢？因為對待少年家的方式是自己也需要的，但，由於已經是大人了，不能再喊痛，不能說自己不懂，以為不用說對方就能明白自己心意，不願再多費唇舌說明道理，因為那就顯得「老派」了……再加上討鼓勵、要讚美，絕非大齡的行徑，因此，大齡有時會出現的暴怒、情緒起伏、失去理智時，表示她的「（自信）戶頭」亮起紅燈，她開始焦慮自己不夠好、不夠美、不年輕、不再瘦、不緊緻、白髮增、眼皮垂、肚皮鬆、屁股垮、不迷人……快成了萬人嫌。

怎麼樣才能在「自信戶頭」存入讚美及鼓勵等祝福呢？向晚輩、向外借用，那就整個遜掉了；一定要來點高級的：用優雅的方式，自冉而冉地得到（哈！時髦吧！我也會亂入）。古有云：「要怎麼收穫先怎麼栽」，我要得到什麼鼓勵讚美，我就先給出去鼓勵與讚美吧！但，有個前提是，要真心的給、誠意滿滿才行，不然，只流於形式，而這形式就是紅包袋。不能只有紅包袋，裡面空空如也！

大齡得到的讚美及鼓勵，也是有的，但大多是「空包袋」。得到浮誇的讚美多是：「噢！你看起來好年輕喔！沒想到你這麼大囉！」或是「啊！我以為你比我大，所以才叫你姊姊（實際她也是老嫗一位）；還有，你皮膚好好喔！你這個年紀，皮膚還這麼好，是怎麼保養的呀？」聽了心中真想大罵：「笨蛋，現在是什麼時代了，保養有很難嗎？『有錢』就能解決啦，老娘，就是『有錢』～～她太浮誇了吧！（氣）」

所有的讚美鼓勵，如果還是從外表出發，那對於大齡女子，反而是一種矛盾，會產生困惑；因為那樣的讚美是否真心誠意，還是表面應酬話語？身經百戰的大齡女子，通常都有一對火眼金睛偵測儀，而且非常精準及敏銳，絕不糊塗。如果偶爾糊塗便是她的選擇，因為她仍需要迷湯來一口。人生發展到大齡階段，也養成了一些品味，也對世事有著雲淡風輕的見解：若是讚美大齡，可以真的看見她對自己的用心照顧嗎？可以欣賞她堅持某些自然存在的白髮及皺紋嗎？可以不要在她日漸逝去的青春膠原蛋白上作文章嗎？可以鼓勵她冒險是好事而不是說她好大膽不要命了嗎？這些讚賞會讓大齡不用縮回去小女孩的狀態，這些真誠會鼓勵大齡勇往超

（大）齡邁進，為老年做準備。

喜歡「老派」生活；過年、過節的味道是老派的滋味，是能夠告訴晚輩，這些節日也可以表達對長輩的祝福，正好為長輩「自信戶頭」存入大量的勇氣、信心及力量的時候，也正好給出自己的感謝之意。千萬別在過年時，壓一包紅包在祖先牌位下，告知一聲「錢給你們了，你們自己辦年夜趴吧！」然後，舉家出國旅行去！「老派」的祖先還沒來得及開口，晚輩已經準備登機了。老祖先說：「怎麼就走了呢？『陰國銀行』也放假，錢沒地方換呀！」

我們都會成為「老派祖先的一員」，先來後到總會到。喜歡「老派生活」真的不是傳統復古魂上身，只是理解祝福的紅包裡內含有形無形的傳承含意。「自信銀行」又再存進一大筆「老派祖先群」的祝福囉！感謝，這一切宇宙的給予。如此幸福，只因大齡。

迷氏家族

不再委屈自己，學會拒絕不合自己狀態的要求，
我著迷於研究自己，
是因為不想失去最真實的自己。

每個人對於自己的專業，一定會傾注全力研究，對於自己有興趣的項目，必定要研究到底，於是迷哥迷姊迷妹迷弟的「迷氏家族」產生了。對於自己喜歡的人事物，就會有心去探索、去進修，所以創造了許多奇蹟，甚至傾注全力造神，這就是「迷氏家族」的核心價值。

而喜歡運動的「迷氏」研究運動，喜歡追星的「迷氏」追隨天邊那顆星，喜愛電影的「迷氏」則狂嗑各類影音，喜歡文學藝術的「迷氏」成為文青，喜愛心靈成長的「迷氏」則走上使徒朝聖的路，而喜愛自己的「迷氏」呢？卻成了自戀狂？只愛自己、只看見自己，進入了排他系統裡嗎？一般的「迷氏」可說是共同參與了一個集體創作──「造神」運動，為何獨獨迷戀自己的「迷氏」，卻會落得如希臘神話顧影自憐的納西瑟斯，落水而亡呢？如果愛上自己會落得如此下場，難怪大家都努力愛別人、不愛自己。因為，愛他人，自己很安全，他人在明處，而自己則在光亮的背後吧！

但是，現在時常看到的廣告標語、書籍文案，尤其是對大齡女性的召喚，就是所謂的「愛自己」。但什麼是「愛」？什麼又是「自己」呢？既然要開始喜愛了，總要研究一下「自己」是什麼吧！

大齡如我，曾經對「愛」感到困惑，特別是年輕的時候，總覺得愛他人是天經地義，將所有事情都與自己做了很深的連結，總想為他人承擔、為他人解決問題。但是，實際上早已筋疲力竭了。像是半夜朋友打電話來，訴說自己在愛情中多麼痛苦卻又離不開，那男人多糟糕自己卻仍陷在愛情裡面，哭哭啼啼後，她舒服得掛上電話，我卻難過得無法入眠。因為，我愛我的朋友，所以我陪伴她走過傷心，她的垃圾成為我的枕頭；臭了一晚，讓我窒息、無法入眠。

但是進入大齡時期，回頭看看彼時的我，不禁感嘆當下真是不夠愛自己。明明已經哈欠連連、眼皮千斤重，隔天還要工作，可是仍舊手中電話不放、口中安慰不停，整個人處在分裂狀態。而現在的我，因為了解自己的弱點，對朋友幾乎是有求必應的心軟。所以，絕對開宗明義先說：「我明天早上要工作，而且現在已經天晚了，自己也累了，如果不是太緊急，可不可以明天早上慢慢說？」並給對方一個當晚自處的方式，例如：自動書寫、畫畫，靜心呼吸、泡澡、聽些安靜的音樂、看些喜歡的書，讓自己先不要停留在同一個情境中，轉移一下注意力；明早睡醒，又是一朵鮮花。

也因為不斷研究自己，才知道自己的強項——給朋友巨大的安心感，她們因此喜歡聽我說話，或說話給我聽。

我不再委屈自己要去當好人，當朋友心目中的好朋友，當家人中間的好親人，或是好老師、好演員，因為真的好累唷！不再委屈自己的需求，學會拒絕不合自己狀態的要求，而學會說「不」，也是在大齡才開始的。年輕會害怕，怕得罪人、怕破壞了關係，感情要修復好辛苦，又要花上好多倍的力氣才能恢復和諧。所以選擇委屈自己，告訴自己沒關係，只要大家好，就好。而現在則深深發現，這樣根本是沒有尊重自己的感受，也沒有尊重他人的學習，因為選擇不溝通，以為就沒事了。其實，更大的距離產生，造成一種偽和諧的假象關係；然後，這份「偽和諧」漸漸地冰封了彼此的心，終將走入「沒關係」的境界。

研究自己為什麼選擇「委屈」，發現是因為害怕溝通中自己的衝動言語及憤怒的狀態，也就是我心中住了個「綠巨人」。這份明白，也是要到現在，到大齡的當下才願意承認：原來自己不是小綿羊（符合社會對女性的觀點形塑），而是頭母獅子（非典型女性：有愛、有力量、會造反）。

研究自己很有意思，好像翻開一頁一頁為自己書寫的扉頁，常常讓自己有所驚喜，也萌生很多驚嚇及惶恐。因為，過去的點點滴滴形塑了現在大齡的我，我無法忽視過去，因為我正在直視現在。

由於研究了過往種種不愛自己的行徑：忽視自己的感受、省略自己的需求、忘了自己需要被支持、切斷自己需要被疼愛、不允許自己撒嬌、禁止自己任性、要求自己忍耐等等，幾乎是將自己放進了「修道院」共修。而這部分我已經熟習，已經成為我的第二天性；不用努力就會進入服務他人的模式。

未來的自己呢？要如何研究？

聽說有個公式是這樣的：

A（過去）＝B（現在）＝C（未來）

於是，A（過去）＝C（未來）

依照公式，如果過去等於我的未來，那麼研究過去就對未來的自己有意義了。因為，察覺過去自己喜歡的狀態，以及其他不想延伸至未來的部分，這個發現就成為改變的動力。電影《神隱少女》中說道：「由於人不知道自己是什麼，因此總是在一些沒有意義的事情上營營汲汲。」這便是迷失自我的後果。研究自己就是要知道自己是什麼，不想做些無謂的掙扎：不眷戀年輕、不幻想重返十八歲，不瘋名牌衣物增加自己的價值，拒絕狂吃名店、甜點後的懊悔、減肥等等。而是理解自己，看清楚當下的自己是誰。

現在（B）是唯一可以讓過去（A）不等未來（C）的關鍵，也是唯一愛自己的入口，我著迷於研究自己，是因為不想失去最真實的自己。

飾演喜劇《王子變青蛙》的金枝媽媽，我抱著「度假」心情享受這次演出。此時的自己，一個人生活，也全然接受中年外在與身體的轉變。所以相較年輕時更能丟開包袱，不在意外表美不美、好不好看，完全優游自在。

單獨的困境

一個人的日子，真的要十分警覺。

當我要搬移現在的居所，一定會找附近有朋友的房子，因為可以彼此陪伴與分享快樂、撫慰悲傷。

發現自己在某個季節、某陣風吹起時，就會想有搬家的衝動，與電影《濃情巧克力》中，茱麗葉畢諾許演的，那個充滿女巫色彩的角色有點像。

單身一個人住與單身有人同住（家人或分租）是不同的情況，再加上大齡狀態，有些事情不得不深入探討。一個人的好，是來去自如一陣風，毫無眷戀的順隨心意，回到家中可以獨享安靜空間，將一整天的疲憊關在門外，進入家門就是完完全全不用言語，一件一件將衣服、襪子、褲子脫個精光，但要小心春光從窗戶外洩。舉個例子，我有個女性朋友是個天然裸體主義者，只要在家就一定不著任何衣物，沒想到她家面向公園處有扇大落地窗，直到某天哥哥來家中作客（當然這時她有著裝），念她在家要多穿些衣服，她才知道自己春光外洩，對面鄰居伯伯、大哥、叔叔等男性都快因此中風了！而我朋友的想法是「我在自己家裡面，又沒有妨礙到別人」。所以自此之後，我在家一定先將窗簾拉上，以免妨礙他人（好在她後來嫁給義大利人）。

泡個澡吧！這也是單身大齡我的居家活動，讓海鹽淨化一整天的塵垢，再加些放鬆的香氛精油，放水那一刻不禁浮現出「哇！一個人的日子真好」之感。靜靜享受溫熱的水深深地擁抱自己（男人是無法這麼全然的擁抱吧）！突然，手機在客廳響起，我立即準備起身，當下頓時想到有次去巡迴演出，為了享受民宿那白瓷金邊的四腳法式浴缸，特別提早到台南，當晚就放了滿滿一缸水，點上香氛蠟燭，人才浸泡下去沒多久，樓下呼求開門的客人便大聲嚷嚷，因這民宿是半自助式，大門如果反鎖，客人必須自助開門。而躺在法式浴缸的我，就是為了它而來，我捨不得起身，堅持假裝以為樓中還有別的客人會去開門……因此，當客廳的手機繼續響著，我腦袋則回顧台南浴缸事件，又同時覺得好險是在家裡，立刻起身，全身濕漉漉地衝去接手機，說時遲那時快，「砰！」的一聲，我人已滑坐在地上了。

心中無數個念頭跑過：嚴重嗎？還能動嗎？要叫救護車嗎？如果有人就好了……要先穿上衣服再打電話吧！還是先打電話呢？或是找朋友來幫我穿衣服再叫救護

車？人生走馬燈一幕幕轉動，我就緩緩地先挪移了臀部，確定可以動、沒有不舒適之後，接著才翻身跪趴在地板上（移動時要一直覺察筋骨的疼痛變化，好在姊有練過瑜伽，對身體覺知算敏銳），搖搖屁股，輕輕地，確定沒有受傷，接著才緩緩坐起，用手去觸摸剛剛那迅雷不及撞擊地板的著陸點；「腫了」、「青了」、「失神大意了」！

一個人的日子，真的要十分警覺。

過完年沒多久，朋友身體檢查報告出爐，罹患惡性腫瘤。當下我便排除萬難將時間留給她，陪她說說話，安撫她的驚嚇情緒，並建議她尋找第二醫療管道。

分手後，坐上計程車，心中掛念著她無助的眼神，想著朋友也來到大齡階段，身體也走至需要進場整修的現實，而我自己呢？朋友在她四十五歲嫁給瑞典人，有老公可以哭訴、安慰，而我呢？好像朋友的安心深度無法像伴侶一樣濃厚，重量的分擔也無法如愛人般讓自己如釋重負，為什麼呢？還沒想清楚就已經到家門口了；下了車，直覺式地在同一層包包口袋尋找鑰匙；「沒有」？「怎麼可能沒有」？再翻找，答案還是一樣，整個包包都倒了出來，所有夾縫都翻遍了，「還是沒有」！

管理員見狀，立刻問我需不需要找鎖匠，他立刻幫我打電話求救（要與管理員為善，他可是單身女子的好幫手），心中有些放心，因為錢可以解決的都不是問題（大齡女子口袋有一定深度啦！開一次三千五百元，咬牙可以接受被敲一次），第一通沒人接，再撥一次，通了，但兒子說老爸明早才回台北，聽到這兒的我，呆若木雞（今年雞年還真應景呀）！

心想，還有誰可以幫忙？看著快沒電的手機，又沒帶充電器出門的我，靜坐在大樓大廳想辦法，管理員仍熱心地找其他鎖匠的電話。「去住旅館，但明天還是要面對這件事情呀！」我心想，打給朋友找遠一點的鎖匠吧（朋友真的很重要，平常就要建構良好的友誼網絡，不然就會遇到類似窘境）！最後，好朋友立即為我找到鎖匠，待整個危機解除進入家門，約莫凌晨十二點半了。

走入家中，看著書桌上唯一一份備用鑰匙，心中吶喊著：「這是什麼鬼日子！一個人生活，怎麼那麼困難！」當下失心瘋地決定打個五把鑰匙放在不同好朋友家，以備後患。

風再度吹起，又勾起了想搬家的欲望。

有鑑於丟鑰匙事件，才發現朋友的支持、陪伴比我想像中重要許多，於是便認真地檢視了自己生活圈是否有足夠的人際網絡，支持自己過著單身的獨居生活？

社會上紛紛擾擾的居住議題似乎也與我的搬遷變動有著間接關聯：因為人與人的關係在大樓林立的居住環境中，有著觸摸不到且又包覆性強的冷漠感，人與人在同一棟大樓居住，絕對不能熱情，因為會被誤會別有企圖，所以不接觸、不認識、不連結最安全，人人活在自保的心理狀態中，對鄰居（如果還可以如此稱呼的話）的關心是愈少愈好。

所以，當我要搬移現在的居所，一定會找附近有朋友的房子，因為可以彼此陪伴與分享快樂、安慰悲傷。不受冷漠居住環境帶來的負面衝激，仍然可以單獨卻不孤獨地過著一個人的好日子。

《濃情巧克力》最後主人翁安定了下來，不再風吹人移動了。因為，她找到一群與她理念相同的人，共同過著自在又自由的有伴日子。

當《王子變青蛙》女主角葉天瑜幻想她是公主，我當然就是皇后，很美吧！劇中飾演死要錢的媽媽，連在女兒的幻想中每個指頭都戴滿戒指。十二年了，現在回頭看，處處仍是斑斕色彩。

傳真年代

每個朋友都是一台傳真機，
當百台、千台出現，
就可以形成有意思的網絡。

有位視障朋友對我說過，他女朋友的影像從彩色變黑白、從黑白變模糊，終致完全消失，像傳真紙一樣不再有任何影像。

大齡的人兒，身邊的朋友是否愈來愈多元？還是單一？交朋友是否像吃食物一樣挑三揀四？太吵的不交、太美的不交、太醜的走開、太胖的回家！最後就形成一個人吃飯、旅行、看電影，一個人散步、看書、做運動。因為，一個人，簡單，而簡單最美。只要有父母、兄弟姊妹等親人就夠了；但父母會走，兄弟姊妹會老，他們也有自己的家庭生活朋友圈，逐漸地，又會失去了親人的支持與陪伴，成為孤獨狀態。

而我，從小就被我娘號稱「孤老鬼」。因為，我不愛熱鬧生活、不喜團體活動，對於大堆人馬的移動很不耐煩，尤其是年節喜慶之日，想辦法能逃就逃，總喜歡一個人散步、吃飯、想事情；至今死性不改呀！我娘那時就已經預言，她這個老女兒終將面臨單獨這件事兒。

我喜歡美好的事物，包括美好的人，「美」對我而言很重要，它不單單是外表的美，為他人付出的美，為某個理想放下俗世的美，功成名就的美，失意沉潛的美，我總是可以看見不同美的可能。而這種看見美的可能的能力，現在大齡的我回想起來，或許有一部分是在我逃離集體行動的出離狀態時，邊走邊玩邊想時發生的吧！因為小時候總會突然脫隊去冒險，走較少人出沒的小徑，抱抱大樹幹，或是邊走邊與樹林的風對話，回應鳥叫聲，偶爾躺在草地看著天空移動的雲朵，想著：它們要去哪裡？跑得這麼急切。說時遲那時快，耳邊就傳來呼喚我的聲音，原來「雲」是告訴我，有人來找我了（我現在還是傻傻地這麼想）。

不丹之旅，完全像我小時候的經驗，一個人的旅程，就像浸泡在自己與宇宙的大自然中，學會更深入的欣賞自然，敬佩自然。花開與花謝在同一叢樹上並存，綠葉枯枝是媽媽帶孩子的感動。但，如果在台灣早就被警告，這樣的殘花枯葉要摘除，免得運勢被破壞。難怪台灣整體氣氛很對抗跟「老」相連的關鍵字。

大齡是「外在花樣的垂敗」，而內在的智慧之花正在冒著新芽，等待大肆綻放！

《小王子》書中有說道：「最重要的東西，是眼睛看不見的。」大齡的內在智慧之花盛開時，大概是用「眼睛」看都看不到的吧！

學會欣賞不同的美的能力，與離開「孤老鬼」的狀態，有很密切的關係。因為每個年齡層有不同樂趣：與年輕學生一起「練肖話」，其實是打破大齡框架、固定思維的好方法，重新回到二十歲的廣袤思緒，那種隱藏在自己內心被壓抑的天真爛漫和理想性格，又重新被喚醒，心態如年輕人般，而天生的智慧又可以加持行動不偏移，一整個完美！千萬千萬，不要在少年家面前長篇大論，顯得自己真有「老人臭」的Fu。

我有許多不同的朋友，吃飯的朋友稱飯友、看電影的朋友是影友，散步運動的是教練，談天說地的是老師，無論是吐槽自己的年輕人、陪伴心靈幽谷的療友、增廣見聞的博士，這些好友我都有，也在陸續培養增加中。

對朋友，我挑食，但也不挑。

挑是品質，要臭味相投；不挑，則是各類各型都歡迎，而且也勇於嘗試結交不同領域的新朋友。

友善關係要如何維繫呢？緊了怕跑、鬆了就掉的人際互動，還真是一門學問呀！大齡的真心很怕換絕情，所以不易交到新朋友是必然的；看看社會新聞，多少大齡單身女子——真心換得詐騙狼，千金散盡心惶惶。真想大聲疾呼告訴這群美好又單身的大齡女子：「你的價值值千金，無需男人來證明，他人評價隨風去，只問自己了然心」。少女心是成長的一種美麗狀態，一種曖昧渴望被理解的衝動，而這份少女心渴望是期待了解自己是誰、理解自己的一種衝動而已。如果，一直停留在少女心的渴望中，其實也就是要繼續了解自己！如果轉換成渴望他人來理解自己，解救自己的少女心，那可就落入陷阱啦！因為，我們怎麼能夠期待連自己都不明白的人來理解我們呢？

朋友是單身大齡女子的重要資產，所以要好好照顧它，關係才能在舒適又溫暖的狀態中，持續保鮮。我會真心誠意傾聽朋友的需要，因為我也需要這份傾聽。無所期待回饋地陪伴朋友，無私的分享資源，常此以往，朋友就源源自來了。我學著不要求、不黏膩的交朋友態度，反而讓我好友不斷呢！

這讓我想起一位朋友提及有個哲學家曾說：「第一台傳真機是最昂貴的，因為，世界上只有它一台，很孤單，無法將自己的感受傳出去。因為，沒有別台傳真機。但是當第二台出現，就平均分攤了感受，然後，接著百台、千台的出現，就可以形成有意思的網絡，人際關係於焉產生，也變得輕盈許多。」

而每個對應的傳真機，是需要勤拂拭、常觀照，保持關係，不然就會產生像我那位視障朋友腦中女友的印象——彩色變黑白、黑白變模糊而終致消失的結局。

二〇〇四年，在電影《台北二一》扮演老練的房仲業者。當我們被社會、被世俗價值包攏，甚至定義，是否還能如如不動，專注於自身的成長和領悟呢？

一路玩到老

人都需要不同類型的朋友，
在不同階段、不同狀態中也有著不同的付出及領悟。

有家庭有小孩的女性朋友，都非常關心我這款大齡女子。尤其是最近，許多年紀不大、約半百左右的人，身體紛紛出現狀況，不然就突然駕鶴歸去，徒留一絲雲彩；也真應驗了「棺材是裝死人，不是裝老人」這句話，機率輪盤，人人平等。

而我那些有家有眷的女性朋友，尚未到空巢期，那一本家庭經也真是不容易念！最近，有個朋友家中長輩出現狀況，心想申請外傭，可是困難重重，使得她必須同時照顧小的（包括先生），還有老的，就是疏於對自己的照顧，甚至她還得關心我這位單身大齡女子的老年，真是「搞操煩」的大媽！有陣子，她頻頻問我如何度過未來的日子？我傻傻地看著她，不明白她真正的意思，她就再重複一次：「你知道有個『共老社區』嗎？就是一群朋友，可有伴可單身，但價值觀接近（這個不可能，尤其是年紀愈大之後），興趣接近，找塊地、買棟樓一起生活之類的。」我聽到這裡立刻插話：「我有呀！有一群朋友在台東某處買地要弄個養生休閒生活社區，還有對外開放做為永續基金。甚至，我還有另一群單身好朋友們要買在同棟樓（已經是如此），可以互相照顧。當然，其中還要有年輕人（三十幾歲）已經對未來有著單身打算，並開始積極規畫四十歲以後的人生，要邊工作邊玩耍地活著（這也是我現在的理想生活模式）。另外，我還有……」她聽得瞠目結舌嘴開開。久久才吐出一句話：「你沒有家庭，反而處處都是家。」

對耶！原來我有那麼多家人，各具形貌及特色。有的擅長瑜伽、有的擅長頌缽，有的熱中精油按摩，更有文藝青年攝影美狼團，還有超越自我、向內裡挖掘不同視野的宇宙靈療掛；當然，少不了本土在地傳統市場愛好血拼的大嬸組（族人名單陸續增加中）。是不是家族龐大？她又狐疑地再問：「這麼多人，要幹麼？」對！要幹麼呢？我想了想，其實理由很簡單，就是即使親如家人也會有吵架，也會有看對方不順眼的時候，此時，外頭的朋友就顯得非常重要了！

舉例來說，如果是與另一半共組家庭，可能在結婚前就得約定，不能不把話說清楚甩頭就走，不能吵架超過天亮，不能教育理念不統一，不能不孝順父母要親愛他們；還有，家庭開銷要透明、所有收入支出要清楚等等。諸如此類的家庭生活公約，規範很理性但並不人性。因為我們是人，會改變；我們擁有人權，它需要被注解；我們潛在的人性會在時間壓力下，產生不可思義的新面貌……所以，原有的承諾不能成為後來綁架彼此的緊箍咒，設定的生活公約，也需給情緒出走的呼吸空間。如果心中不愉悅、有委屈，總想找個地方喘口氣、轉換想法、被安慰與支持，而在家中無法得到時，朋友就顯得相對重要，而互相信任更是其中的核心樞紐，否則彼此的關係就是非常大的挑戰，很多人常常因為這樣就被安慰到別人臂彎裡去。人的感情很有彈性，是吧！

而我選擇這麼多非血緣的朋友成為家人、一起共老，就是知道情緒來時需要空間，社區有人不開心時，也不必急著去處理、去安撫，讓人的情緒流動一下，我則去別的社區玩耍，等待所有人的情緒平穩後，再回來談論「生氣」為哪般！

別讓自己陷入不清明的情緒霧霾之中，也是有助於「共老社區」的和諧，將更平心靜氣的方法帶給不同社區的朋友們。

有血緣的家人，總是擁有吵不散、打不爛的情感絲線，而沒有血緣的家人呢？是需要更多的相處智慧去與之互動。就像大學時代與同學分住一間宿舍，看不慣對方許多生活習慣，但無奈依然要住在一起，種種不悅的心情，一定都讓自己想過「這傢伙，以後絕對老死不相往來」。但是，長大再相遇，那些狗屁爛事都是話題，都是人生最美好的記憶。而共老社區的老朋友們，沒有大學時代的情誼，彼此想著「老死不相往來」，就可能真的到死都不會再相見了，因為大家已經都是「老」人了。

這種社區的成員，其實個性都已養成，可塑性已經不似少年家那麼有彈性，所以包容、理解、不計較是一定要有的人格特質。而本人就是別的不會，專攻這款：不用之用是為大用。「共老社區」一定要有神一般的隊友：農夫種食物、廚師做好料、術業有專攻的專業人士，可以提供各種醫療、法律、財務、心靈諮商、交通運輸、娛樂節目（這個我可以）等等，讓人生下半場可以依然活躍精采。

而這些神一般的隊友是我花了四分之一世紀累積出來的，如果，我守在家庭中，可能無法發現散落各地的神友吧！聽我說了這麼多，我那個上有老下有小尚未空巢期的大齡阿桑，也心懷期待地問了一句：「我也可以加入嗎？」

人都需要不同類型的朋友，在不同階段、不同狀態中也有著不同的付出及領悟。我當然歡迎她來玩。為何說是「玩」，而不是「加入」？因為，我們彼此對「家」的觀念已經不同，她擁有一整個「家」，她是家的核心人物，而我的「家」的概念，是每個人可以發揮專業，專心做自己，不去「擁有」什麼，也不需「擁有」，這種想法的生活怕她不能適應，就像別人家的小孩再美再可愛，玩玩就好。

說話之道

聽比說重要，思考也比話語重要，
如何「心口如一」是一種練習，
如何「話到嘴邊留三分」，更是忍字訣的大功夫。

好好說話是什麼意思？有什麼困難的，不過就是講話而已。白天都在說話，什麼都能說，只要我想說有什麼不能話。但是，身為演員的我，有個專業要求是：必須知道自己在說什麼，及為什麼說？而且聽話比說話還重要（啊！不是乖乖聽話那種）。但也可能是長期專業訓練，使得耳朵變得敏銳，很容易聽出那未竟之語的部分，包括渴望、恐懼、欲望、討拍等等。

這能力在大齡的現在有個好處——當位貼心陪伴的朋友。該說才說，大部分時間是傾聽而不給建議，內在也沒有評斷，使得對方可以「好好說完話」。

語言是有魔力的。我們每天對他人說話，不論「好聽」或「難聽」，「深刻」或「老派」或「自以為是」，皆是表現自己的關心或在乎程度。然而卻常常本末倒置，被陪伴的明明是對方，怎麼突然主客易位，陪伴者成了主角（一直給建議及碎碎念）。更慘的是，人愈大愈寂寞（結果現在有電子寵物了），愈需要別人聽自己說話；如果找不到人，就找寵物，家裡找不到，就往外面找（吵架者家呀）！外面世界找不到，再往內心找（找到一堆陳年舊帳），朋友圈找不到就往醫院區找（結果找出一堆病才甘心），自信已不復存在就往神明區找（不小心沒找到神明燈卻找到一堆鬼火）。

固執、老臭、耳朵硬、嘴巴臭、食古不化、自以為是，大概是許多人對大齡男男女女的印象吧！如果知道自己寂寞孤單覺得冷，就可以拿出方法來對付這個症頭（它還真不是病，但病起來會要人命呀）！首先，聽話比說話重要：傾聽別人是全心的去聽到對方、看見對方，而非表面應付在聽，腦內卻一直找問題與漏洞，以心中的不認同打斷對方，證明自己是對的。接著，更別先入為主帶著意見去聽（雖然不容易），未聽之前就先判對方出局了，並且不要輕易給建議（除非對方準備接受），而只是簡單的陪伴，這樣就夠了（啊！這個也不是很容易）。

說話就像「水」從口中流出，太久沒說話，水不會輕易流動，容易是髒髒臭臭長年藏在管中的汙水。所以，這款水不能喝（聽）；但是，水龍頭一打開就一洩千里，如滔滔江水綿延不休，接著有可能造成水災（被口水淹沒了）的危險。而我們如果不照顧好自己的水塔（想法）、不注入新的水或時時勤打掃，也可想而知那「水」（話語）有多麼多麼髒，是會讓人生病的。大齡的我，開始認真去注意自己有沒有「好好說話」，有沒有認真先清楚說話的對象是誰？我有看見對方嗎？有真正想說給對方聽嗎？還是只要對方好好聽自己說話，而不去理會他是否明白……？

如果，每個字都是一個音符，每句話都是一段樂曲，我將我的想法放在每個字、每段樂曲上，聽者感受到的會是美好且真誠的溝通，還是一堆不成調的噪音？年輕時不明白這個道理，常常講些不重要、沒想法、喇豬屎的八卦或不加思索的話，久而久之，以為自己很直、很真、很自然生活；但卻相反，沒營養的話說多了，面目也不再美麗（喇豬屎的臉）。而年齡漸增，更是已經沒有美貌讓人原諒，沒有帥氣魅力讓人忘卻；此時，我們尤其需要注意言語是否能醞釀出滋味，究竟是口吐蓮花，還是繼續吐出酸意？

身為大人的我們呀！可能是弄不清楚自己的心理，自以為替他人著想，其實是希望別人聽我們的話，覺得自己是對的（即便對方什麼都還沒做，已經被放在錯的位置了），因為有了期望（對方聽話），有了預設立場（帶種偏見或刻板印象），於是無有真正對話空間，只要一有空檔出現，某些人（年輕人、家人、孩子……）就像被逮到似的必須聽話（訓），時間久了，任何人都會「先告辭」，離你而去。

好好說話前要先好好靜下心來傾聽自己。可以用書寫方式、日記記錄，真的不用每個祕密、雞毛瑣事都公告給最愛我們的家人朋友。

要能好好「說話」真是個很困難的挑戰。尤其是在此時此刻，資訊發達又混亂的時代，聽比說重要，思考也比話語重要，如何「心口如一」是一種練習，如何「話到嘴邊留三分」為彼此保留下次相見空間，更是忍字訣的大功夫。我時時都提醒自己，多聽少言，多包容少抱怨，多動少眠，多玩少憐（自憐），練習要趁早，到老煩惱少。

人肉GPS

靈魂不會痛，因為它不是肉眼看得見的內在存在，
但「它」會用憂鬱或黑色將我們的力量（或光）罩住，
讓我們知道「它」難受了，知道我們沒有走在「適合」的路上。

與朋友見面幾乎是我日常的一部分，看著他們（男女都有、年紀不拘、老少都來）每次的變化，心裡想著：真好，他與他自己的關係真好。聽著他們侃侃而談如何決定未來夢想實踐的步驟及勇氣時，我整個人是起立鼓掌加上尖叫聲；反正大神（嬸）沒在怕的啦！

有一位教書教了好一陣子的美麗老師，年近三十過五，她決定離開自己教學多年場域，開店成為一位烘焙師。「這個跳躍也太大了點吧！」我心想。她所任教的領域是國中表演藝術，算是活潑又有創意的學科，而且也是未來熱門科系，應該能在教學上得心應手，小蛋糕一塊呀（Pease of cake）！我問她為什麼會想轉換跑道？她說穩定教學工作很好，同時也利用閒暇時間去學烘焙，沒想到一學之下，才發現自己內在有著烘焙魂，一點燃就不可收拾了。尤其當穿上廚師服那一刻，她哭了，深深感覺自己與廚師服合而為一。天啊！那是個多麼神聖的時刻，她與她的內在渴望融合，這份悸動是靈魂快樂的在跳舞，大大慶祝昭告天下自己走在正確的道途上。

她說目前正在找店面，新學期就會離開學校，這也意味著她將全然負起未來生命的責任：沒有學生可以責怪、沒有學校強加壓力，更沒有錢會定期進入帳戶，一切外在因素都淨空之後，只剩下夢想與意志力的展現。我立馬告訴她：「開店我一定到，無論是高雄還是澎湖，天涯海角都要吃到。」

可是另一位朋友則是鬱鬱寡歡地坐在一旁，臉無笑容，氣色暗沉，經過詢問之下才知道她非常辛苦地面對自己的身心症（憂鬱），因為夢想一直沒有機會實現，所以整個人陷入了情緒的黑色漩渦中，苦不堪言。這讓我憶起自己也曾在年輕時掉進這樣的黑洞，每晚被自己嚇醒，完全不知道身在何處，一身冷汗地坐在臥室，看著黑漆漆的房間，完全無法確定是夢還是真實，不斷自問自答：「我在哪裡？我在房間裡，房間在哪裡？房間是在房子裡，房子在哪裡？房子在台北……」一直問答到確定自己不再害怕為止，夜晚就這麼過去了。白天呢？也沒有好到哪裡去，遇到黃昏時刻來臨，無法一個人待在家中（因為那時就只有自己一人），必須到咖啡廳坐著，人愈多我愈安心愈不害怕。飲食也很糟糕，後來才知道當時是有點厭食症的徵兆。

我看著那位有夢想卻困在原地的哭泣靈魂，該怎麼與她說說話呢？當靈魂陷入憂鬱風景中，是表示它（靈魂）有話要說嗎？它是不是有可能在提醒自己原以為的夢想只是幻想呢？反而是要我們看清自己，真正活出人生的角色呢？

我記得自己從沒有想當一位演員，因為暴露自己的所有，包括外在、內在、聰明、愚笨全然展現，是多麼血淋淋的工作呀！所以，我在畢業前找主修老師時，去找了指導我寫論文的教授，他抬頭看了我一眼說道：「念藝術學校（現在的台北藝術大學）寫什麼論文？去表演！」我當下也沒多拉扯的就說：「好！」隨即便轉身離開了。這個拒絕收我寫論文的教授，一把將我推上了表演的不歸路，一直到今日，還會繼續下去吧（我猜）！而且，我也漸漸聽懂了「老天爺」的話語，祂彷彿暗示著我，如果這條路、這件事是我要做的、該做的，祂會一直給我機會去完成靈魂上的渴望或使命（如果有的話），如果不該我去做的，沒有得到也不失落或沮喪，因為許多因緣尚未成熟。我一路走來，完全交託自己，學著臣服老天爺的指令，好像到目前為止，靈魂都是開心愉快的。

我告訴那位靈魂陷入暗夜的輕熟女，千萬別以為我現在表面是光鮮亮麗的人生勝利組，曾經在靈魂黑暗時期，我也天天像失了魂的行屍走肉般生活，但我清楚的知道「它」一定會成為過去，「它」也一定要成為過去，並且成為我做為演員、做為人的養分。

靈魂不會痛，因為它不是肉眼看得見的內在存在，但「它」會用憂鬱或黑色將我們的力量（或光）罩住，讓我們知道「它」難受了，知道我們沒有走在「適合」的路上，千萬別讓「力量」或「光」被罩住太久，因為時間一長、黑暗一久，我們就不再相信力量，不再相信世界有光了。

自救的方式或許就是去做些最簡單看似無用的事，例如打掃家裡，整理書櫃，煮一頓給自己吃，到大自然走一走，到海邊散散步、踏踏泥土跑跑步，讓靈魂有曬太陽的機會吧！

記得某本書上有寫過一段文字：「滿室黑暗，只要一根火柴的光，就是以滿室生光，照亮一屋子的黑。」

或許，人生每個階段都有可能面臨憂鬱來到，我就將它當作是靈魂指南針的訊號，如果走偏了，「它」就會出現警告：「此路不通勿再前進。」我便可以藉此修正方向，再繼續勇往直前。這種內建 GPS 人生導航器，比車行的精準細微多了，最起碼「它」不會將我的人生道路導向田中央或山崖邊！

看著順著內在召喚前行，即將開店的勇氣烘焙師與另一位煩心憂鬱的輕熟女，或許，她們的內建GPS，都在引導她們的人生道路，只是，現在尚未明朗。我也必須學著相信那更大的帶領；因為，我也是在信任的心態下走到今天，而且，還活得很好，不是嗎？

輯四

把大齡變達令

近年平溪出遊照，在古樸雅致的茶館，感受日子的閒適恬然。這幾年，面臨許多變動更能淡然以對了，畢竟提起放下都是生活，無須牽掛，也無須害怕。

安能辨我是雌雄？

大齡，不怕；
無法辨雌雄的階段來臨，不怕；
統稱「老人」，不怕。

人的生理很有意思，無論男女，到了某個階段，基本上看起來都差不多了，差不多雌雄同體了，差不多無男女之別了；因為差不多以「老人」稱呼了。

但，在尚未走入那「差不多」之前，尚有男女之分、雌雄之別的大齡時刻，總想延長身為原本性別的特質（雄男、雌女）；為了要能夠保持屬於自己的激素、腺體分泌，更要多吃健康補給品，補充日漸委靡的腺體、分量不足的激素。以女性而言：各類有關雌激素的食物，如豆漿、豆腐、豆花、大豆異黃酮、月見草油等等，能吃多少就吃多少，唯恐自己明早起來就不再分泌了一般；補充足量的女性荷爾蒙，成為大齡女子保健的首要話題。

而在我的好友檢查乳房報告結果出爐時，我重新反省了每個增強效果的保健食品及食物，食用它背後的起心動念是什麼？這個念頭是不是決定了吃進去的是補品，還是殺傷力？

問了問自己，為什麼要吃？因為不夠了，不夠了就會體力衰退、皮膚起皺，不再迷人，不再是女人了！心中對於「老化」充滿了恐懼的能量。還是，喜歡食物的原味？享受它的純粹及美好？

記得，每次工作結束後的心情變化：如果是順利、愉快的過程，整個人是輕盈的步伐，邊走邊哼著歌，完全無視旁人側目；愉悅的能量像粉紅色的小泡泡，散布四周，所有人都微笑了起來。但如果是相反，全身沉沉重重的，心情糾結、自責怨懟的能量，如烏雲般籠罩自己的話，整個人就充斥著想要吃油炸食物的念頭，好讓自己能宣洩心中的暴戾之氣。基本上我是不碰油炸食品的，所以，想吃「爆裂物」的心願出現時，那就特別明顯，是我可以很清楚看見內在失衡的指標。

每個人都應該有意識地看見自己怎麼吃與情緒的關係。

至於吃進去的是什麼食物、什麼形式、怎麼烹調，其實都與自己的想法有關。而這方面的發現，我是很早就開始了……而現在，終於全民對食安也有了覺醒。

我朋友在乳房準備開刀的時刻，也分享了她對於青春不再、未婚、無子的想法，曾經心中有很多的不安及恐懼，她決心要好好照顧自己；沒想到竟然發展成這個結果，她很矛盾自己是不是照顧錯了。

由於大齡的我們面對各種挑戰：生理的、心理的、關係的、勇氣的、脫離舒適區的、體力的、外在的、內在的，失衡與矛盾的平衡在哪裡等等。每一點都有產生恐懼的可能。當自己要成為差不多性別、差不多不分別男女、差不多無雌沒雄的新階段之前，能不能看見那個恐懼，找到一絲勇氣面對呢？

差不多要走入安能辨我是雌雄的大齡女子的我，因應的方法是，找到自己的魅力，可能是人格、可能是自信、也可是人品及工作態度，或是熱情活力，善於傾聽、率性分享、勇於挑戰等等，而這些都不是用性別、腺體激素、荷爾蒙可以取代的。

另外，投入對新資訊的涉獵，但不人云亦云，要質疑要驗證、要問問心裡的「小聲音」，新資訊真的適合自己嗎？還是，對應到內在的害怕，以為擁有它、使用它、吃了它就是取得靈丹妙藥、萬事平安？或者更需要多閱讀，才能讓內在平靜、安伏內心呢？

誠實面對自己是上上之策。

知道與做到之間的距離，誠實最知道。滿口頭頭是道的資訊家很多，不缺我一個。而這就如同我發現自己有吃炸物的衝動時，我還是會去吃，那是我發現自己失衡的路徑之一。但，同時也發現情緒變化線條的迭宕，提醒自己下次再出現時，不再被它捉住；一次又一次練習，現在走在知道也要做到的路上。

大齡，不怕；無法辨雌雄的階段來臨，不怕；統稱「老人」，不怕。我親愛的姊妹淘們，不怕；因為，這條路我們一起走。有你、有我。一起手牽手，向前走。

大齡姊姊的煩惱

我算是「行動派」的大齡姊姊，
同時清理外在與內在，
才能進入大齡暢快人生！

大齡期其實與青春期有點相似，都處於大轉變期，身體在轉變（轉大人或轉老人），心情也有轉變（意氣風發或意志消沉）。身體的變化是明顯的表徵：花正開者是青春，而花欲凋謝者為更年大齡。一個往上成長，而一個正往下墜落的落差，令大齡者感慨，人生如斯，時光飛逝，尚未開盡，卻欲凋零。

於是，就犯了俗話說的：情緒失調的失眠或憂鬱傾向。當身體的內分泌下降，更使得早晨起床會被鏡中的自己嚇到！心想，明明昨晚早早就上床睡美容覺了，怎麼氣色這麼暗沉？皮膚為何像沒有吹膨的氣球，皺皺的呢？也還沒吃早餐呀，怎麼肚子就這麼大？啊！一定是還沒上大號！整個人迅速奔往廁所，努力將肚子拉一拉，看看會不會小一號。如果失敗，就會拿出各種法寶：酵素、咖啡加浣腸、揉腸、水療加搖搖（屁股）；活脫脫一場早晨舞祭上演。單身的女人還可以肆意大動肢體，但如果是有家有伴有兒女的大齡姊姊，可能就只能拿出「忍」字訣來處理了。可想而知大齡姊姊想要人生暢快，還真是不方便呀！

因為氣色不佳，許多大齡姊出門見朋友的次數愈來愈少，也愈來愈不愛照相，更討厭上餐廳要看細小如蟻或創意前衛的菜單……因為看不清楚，又不想拿出老花眼鏡端詳內容，所以在場有年輕人就請他念出來，如果沒有，同行者都不願拿出老花眼鏡，就要麻煩服務生幫忙了。而時下部分年輕人總是耐心不夠、觀察力弱再加上少了體貼的心，常常令大齡姊姊們不得不發威，以母老虎或「那種阿桑」的態度收場。其不得已之苦，誰人知曉呀！不然，就非常隨便、乾脆地說：「來你們餐廳的招牌菜！」結果菜上了一桌，滿滿的一桌，根本吃不完，就只能打包回家（大齡姊姊很惜物、愛地球的），這種行為背後卻被詮釋為小氣、計較，又是另一種不為人知的苦！

朋友範圍愈來愈小、新照片也愈來愈少，於是開始懷想青春年少的模樣，臉書不斷出現小時候的自己、青春貌美的自己，或過度美肌修圖的自己，卻不見真正那個大齡的自己……所以才會每天早晨被鏡中的自己嚇到！

我自己有特別思考過，命中注定是一定要走向大齡姊姊的路，就要好好來研究一下此階段的變化及將要面對的現實。例如：胡亂發胖、皮膚蠟黃、斑點皺紋、頭髮掉落、白髮叢生、骨質流失、聲音降key、性慾不再、魅力減弱、倚老賣老、恐懼改變、心情沮喪、突然落淚……族繁不及備載！這些如果都「可能」發生，那麼如何讓它轉成「不要」發生呢？於是我便開始了自我活體實驗旅程。身體老化是不可逆的，但我唯一可以為自己做的，就是提早保養身體，用最適合的天然方式：例如精油按摩、飲食控制等等，絕不是等到老化現象出現才開始保養，那樣就已經太慢了。但也不用過早，因為身體自會產生天然屏障，不用補充太多，若它從外界得到太多就不再生產，反而本末倒置。因此我們對身體要有認識、要有覺察，要提高身體的意識才能在它需要時及時補給，千萬別基於「恐懼」而過早提供外在人工養分，到頭來傷害身體原本的功能。

內在的轉變，則是可逆的。這也是我在「自我活體實驗」中，最感興趣的部分。

小孩為何是輕盈、自在、瀟灑的呢？因為他們想哭就哭、想笑就笑、想吃就吃、想睡就睡，完全符合身體的自然韻律。但，大齡姊姊就不可能了，由於背負了很多責任、規矩、期望、經驗、壓抑的情緒等等。於是哭像笑、笑像哭、不敢吃、睡不著，人生整個大緊繃，肩頸痠痛、皮皺色黃，壞心情是才下眉頭卻上心頭……如何找回那個輕盈自在瀟灑的自己？除了必須清理外在的斷捨離，那個內在的清理，更是首要回春工作。

我算是「行動派」的大齡姊姊，透過與曾經吵架，甚至絕交的友人進一步聯繫，抹除心中的疙瘩與失落。尤其與過去老死不相往來的朋友來個化冰之前，我願意先道歉，卻不期待他的回應是正向或負向。因為，我只能真心誠意表達自己的內心處境，並請對方能原諒自己曾經對他產生的傷害，然後，謝謝他當時對待、給予的一切。畢竟過往的一切不論是好是壞，最終都是人生美好的體驗。我一次又一次、一個又一個在列出的名單上畫勾勾，表示心頭又少了一個重量，愈來愈輕盈自在，距離瀟灑過日子不遠了。

很奇妙的事情發生了，外在不可逆的身體在有意識的覺察照顧之下，它回饋我氣色紅潤、體力充沛、腰軟筋鬆、身形適宜。而可逆的心靈狀態，則因為清理過往幾噸的情緒垃圾後，似乎也讓自己更勇敢地去冒險，或是更清醒地知道，不再用情緒虐待自己或藉此控制他人。

大齡期的我，找回了青春期自我肆意的活力，又多了生命經驗所提煉的一絲智慧。

呀～終於抵達了暢快人生！

我的阿桑時代

我現在發展成我自己喜歡的「大齡女子」狀態嗎？
是不是還偶飄「嬸味兒」呢？
口無遮攔與一語中的之間的分寸拿捏，
是否更能堅定又溫柔地展現？

朋友參加媽祖繞境有感：長大以後，不要成為「那種阿桑」。我也曾在妙齡、輕熟女階段，不斷提醒自己，萬萬不可成為「那種阿桑」。但「那種阿桑」的階段已經來到了，我自問，大齡的我是哪種阿桑？有沒有不走向「那種阿桑」之路呢？

當然，首先要說明她口中的「那種阿桑」是什麼組成狀態：衣服桃紅紫紅穿搭、蓬頭垢面、不修邊幅、說話大聲、自我貪心、倚老賣老、自以為是，甚至為老不尊！

其實，「那種阿桑」的組成每個人都有，就像一粒粒種子埋在心田裡，只要不斷在時間中勤灌溉，必定會發芽、茁壯然後長成大樹。重點是，為什麼平平都是大齡阿桑，有些仍然可以優雅氣質、美麗風華？而有一些則成為大眾眼中避之唯恐不及的「那種阿桑」呢？

我又灌溉了哪些心田裡的種子？我又如何驗證種子長成後是堅硬固執，還是軟柔輕拂，甚或剛柔並濟？

朋友四十不惑生日趴，正如一面鏡子，照見自己的內在與外在是否和諧。這是一群三十、四十、五十（我是那最大齡的）三階段同時並存的女性友人聚會，當大齡的我低調走進私廚餐廳，那氣質立刻被好友認出來，表示代表自我風格的「氣質大樹」長得不錯。酒過三巡之後的對話，則完全進入一種百無禁忌、無極限敞開的笑語如珠狀態，甚至嗓門大、火力全開到自己都不好意思，這表示大嬸阿桑百倍大聲公的「開嗓大樹」也長得太好了一點！實在有點妨礙其他用餐客人。

之後大夥的話題竟然從一個雨傘套充氣後的形狀、粗細、長短等等，討論自己的手感經驗。而我摸著的時候，一陣害羞的少女緋紅躍上臉頰，說：「太久沒有握到了，真是陌生呀！」另一位立刻接話：「果然，有生過孩子與沒生過的（我）真是不一樣！」接下來，將雨傘套充氣成棒狀物的女士，還將它拿來拍打臉部，甚至拿來打我的臉，我當下立刻閃開（天哪！接下去的文字一定要馬賽克了，所以，不製造困擾，就此打住）。看來，我的「純真大樹」一直嫩葉肆意著！

在聚會上，大家不可免俗地都要說些心裡話來療癒一下彼此。關於種種抽象或具象思考也是我們的話題之一。其中一位朋友和我們討論到，「零（0）」這個數字，究竟從哪裡來，又是為何而存在？此外，為什麼有負數呢？這位友人也是從小困惑到大。縱使困惑，基於學業、便於考試，她也將疑惑放下，應付考試地將原則背了下來。但是，現在她長大了，那粒麥子仍然不死，正蠢蠢欲動地要蹦出芽兒。仔細灌溉它、用心思考，終於她明白了零和負數存在的意義。我們熱烈地展開一場哲學討論大會。基於人類溝通三必要性，需設下一個基準點，知道彼此的意思為何，而不會我說城門樓，你說火車頭，各說各話無法達成溝通。在畢達格拉斯信念中，哲學問題就是數學問題。無論每個人的信念是什麼，終究要在自己的信念種子上澆灌施肥，使自己能成為自己理想的狀態。而不願意放縱心田雜草叢生的我，「哲學大樹」也算及格高度了。

我現在發展成自己喜歡的「大齡女子」狀態嗎？是不是還偶飄「嬸味兒」呢？口無

遮攔與一語中的之間的分寸拿捏，是否更能堅定又溫柔地展現？自己是否也會自以為是、倚老賣老地濫用「長老權」呢（類父權、母權、師權）？

阿桑、大嬸、大齡到達令，每個都是在我們有意無意中，逐漸培養成長的。愈成長愈需要有自我節制的能力，如果失去自我約束的警覺，就無法成為自由的人。媽祖繞境是個神聖活動，而許多阿桑阿伯忘了自我約束：不要太大聲吼叫，造成他人壓力；展現生命活力無需將媽祖的賜與全盤拿走，因為其他信眾也需要被祝福；不需爭先恐後推擠拉扯，受傷了不容易復元；穿衣風格不一定花花綠綠才是美，也可簡約、有型上路呢！相信人人都喜歡君子謙謙、淑女優雅，這款大齡信眾陪在媽祖身邊是多麼風神美妙！不用玩小孩兒吵鬧搶奪的遊戲。媽祖就是位謙謙優雅的代表。

護佑眾生的祂，也隨緣自在地陪伴著一起繞境的普羅眾生吧！我如是想。不論眾生是不是「那種阿桑」或「這種大齡」，祂都愛。

劇場排練照。在表演與生活裡，我都盡可能讓自己隨意自適。並始終相信，能不能從「大齡」成為「達令」，皆與自己的起心動念、視界開闊與否息息相關。

第一（個）念（頭）

為什麼有事沒事「唉唷喂呀」地唉聲嘆氣？
正視起床的第一念，
來一次深深、認真的呼與吸。

清晨，伸了伸腿，認真地吸了一口氣，然後緩緩吐出、發出了一聲「啊～真好」！開始這一天了。

眼睛有些痠澀感，乾乾的張不太開，多眨了幾下，似乎淚水滋潤了眼球，舒服多了。可是，這時心裡卻想著：是老花找上門了嗎？還是眼球缺乏葉黃素？可憐的眼球呀！需要為它找補品了。曾經在書上看過：眼睛的變化——近視、遠視、閃光、老花部分與心理狀態有關；近視是想要盯著看仔細，遠視是將世界推遠才能看清楚，千萬別靠自己太近。而扣除眼睛基因之外，心理平衡與否，就影響到自己如何看世界，如何與外在互動有關了。

目前，還沒有老花，沒有遠視、近視、閃光的我，出門非常方便，出遠門更是小事，因為眼睛為我省了很多麻煩——都不用帶（戴）！朋友常羨慕地說：「你父母給的基因好。」我想是這樣沒錯，但又不全然如此。原因是家裡五個小孩，就有三個被老花找上了。於是我開始研究，為何是我沒有？為何是他們老花呢？深思熟慮的結果，覺得可能是我對世界的看法還算平衡、不太抱怨，願意去理解那份不理想、不如我意的背後都有著禮物，只是我們總認為那是災難、找麻煩、倒楣等等，二分法就放入Bad（背）的籃子裡了。甚至三不五時將籃子裡的項目拿出來背一下，長此以往，人生就Bad、Bad、Bad，背、背、背了起來（好像一首歌），而另一個Good（鼓勵的「鼓」）的籃子，不是空空如也，就是被「背」的借放，反而失去了原來的功能。

人生真的有「鼓的」、「背的」兩個籃子嗎？

看得順眼？看不對眼？

有眼緣？很礙眼？

眼神好？眼神不對？

這些都是平常我們生活中，常常出現用眼睛判讀外在人事物的用語。而我們又常常將判斷放在哪個籃子呢？

我開始有意識發現自己有兩個籃子是在四十歲（不惑之年）的時候。首先，是不自主地嘆氣，我還解釋是因為有年紀了，行動中、變化動作需要換氣：離開椅子吐一口「唉～」，蹲下撿東西時喊一聲「唷～」，起身時也發出了「喂～」，隨時可以叫出「呀～」；原來這一切都是因為，自己對世界有意見呀！

直到我的朋友說，你為什麼有事沒事「唉唷喂呀」地唉聲嘆氣？「我有嗎？」我心裡抗議著。為了要證明她是錯的，我開始了覺察自己每天發出哪些聲音的小遊戲。如果有類似「背」的聲音，我就在「Bad」的籃子裡放十塊錢，如果有鼓勵讚美聲（無論是對自己或他人），就在「Good」的籃子裡放十塊錢。首先兩個籃子都是空的，這個小遊戲一天總結下來，「Bad」的籃子是負債（用欠條放入），而「Good」籃則是零。才一天，我已經是「負婆」了呢！進入第二天，起床那個瞬間有意識吸第一口氣開始，發現自己當下的心情烏雲密布，外面是金光閃閃的好日子，而我卻選擇讓愁雲進入心頭，於是更加討厭陽光：怨它太熱、讓人流汗、曬黑等等，就在這種心理狀態下過了一天，我又當了一天的「負婆」。

這對我來說是個驚嚇的發現：原來我真的是「唉鳳」！每天唉唉叫的傢伙呀！朋友對我的指教是如此精確；不服氣的我，又進入了第二階段的小遊戲，而這完全出於好勝心，不想讓對方說中！為了要贏得自己的勝利，從一早醒來，尚未張眼，就吐一口氣，再深深吸一口氣，對自己說：「真好，早安」。

這個遊戲一開始，還是會落入嘆氣的深淵，並在心裡想：為什麼要這麼早起？天還沒亮就要出門工作了，真是×××、○○○；但，忽然有一天，有個聲音進入了腦海——「真好，有工作可以去展現自己，還有健康的身體可以工作，真幸福。」原來，是「Good」的籃子比重加重了，超過了「Bad」的籃子，整個思維有了翻轉；

每天的第一念開出一朵美麗的花，而這個第一念的練習持續至今，它已經不是一朵花，而是一座花園了。我每天仍然持續灌溉它、修剪它。

偶爾，花園欠修剪而雜草叢生，果然，反應了我沒有注意自己的第一念及其影響的結果；而一旦發現，就不能放著不管（眼不見為淨？），我還是乖乖地，每天如實地發現那起床的第一念，來一次深深、認真的呼與吸，它真是我美好平衡的原動力呀！

魔法鍊金師

我培養內在小孩成為一位千變萬化的魔法師，
每個角色都在我創造的小宇宙舞台中，
盡情展現，合作無間。

早晨，每天有個儀式是必須的。

每天早上為自己做好吃的早餐是重要的。

出去吃，當然可以，因為餐廳的廚房就是我家廚房。

餐廳主廚就是我家主廚。但是，每天面對同一家餐廳、同一位主廚也會失去味覺上的耐性吧！再加上出門吃早餐，事前要先刷牙、洗臉、洗頭、吹頭髮、化妝、著裝完成（不包括處理臨時的突發事件、看電視、看簡訊、回簡訊、找手機等等），出門可能是十點或更晚了。這時就只能選擇再晚一些的時間外出，那麼改成吃早午餐吧！可是，我要吃的是早餐、早餐、早餐！八點以前的才叫早餐！可是，這時只有傳統早餐店，帶了就走，或是熱湯稀飯之類的，吃完滿身汗一臉狼狽。而通常好吃的早餐店總是人滿為患，不耐久坐不願久等，美味的食物要慢慢享受，可是當後面大排長龍，服務員頻頻來清理桌面，總讓人食欲大減，再好吃也只能「匆匆」處理之。

早餐太重要了，對我而言是一整天的序曲，怎麼可以如此草率被破壞殆盡呢？

於是，決定邀請神廚到我家！每天變換菜色：中式、西式、日式，菜色有咖啡、麵包、沙拉、水果、優格、味噌湯、小菜與稀飯、飯糰、豆漿、包子等等。而且「祂」也不會嫌棄我有無化妝、打扮或是睡眼惺忪。甚至我只要前一天晚上回家前告訴「祂」我的決定，「祂」就會為我準備好一切食材，變化出一頓豐盛早餐。但，我有時也會臨時變卦，想吃炒麵、炒蛋之類的食物，「祂」也毫無怨言依然照辦。如果臨時有朋友邀早餐之約，我突然取消，「祂」也不會生氣，祝福我有個美好的早晨約會。

這位神廚，專屬於我。

每天早晨醒來，第一念進入時，「祂」就被我召喚出現了，整個人進入角色扮演模式，用神廚的思維，決定菜單、製作順序與上菜時間。神廚會先拿出冰庫的麵包放進烤箱，同時將水灌滿燒水的壺（為何每天燒水喝？一位日本媽媽教我的，喝多少燒多少，不要喝重複燒過的水，因為它是「死」的），打開瓦斯，也開啟一天的熱情。這時，神廚不是站在那裡等水開或麵包烤熟，而是切換成主人模式刷牙洗臉上保養；此時，麵包熱、水將滾，又切換回神廚，拿出主人特意精選之莊園豆子，放入磨豆機內，一陣咖啡香撲鼻而來，立刻覺得有神廚真好（主人心態）。當沙拉、水果、醬料都已在木板盤上就定位，只等咖啡沖泡完成，此時的神廚，決定為主人加顆蛋，立馬拿出鑄鐵小鍋，準備煎個雙黃蛋。又是蛋香味襲來，主人飢腸轆轆的咕咕聲響起；神廚知道現在只要等蛋熟、上菜，「祂」就可以功成身退了。

主人（我）看看手錶距離起床才二十分鐘，早餐已經放在餐桌上，熱氣、香氣氤氳滿室，勾人心魂呀！

為自己做早餐，是已經持續多年的儀式。怎麼發現可以邀請內在那個平時愛吃又挑剔食材的自己，來個每日一吃的開啟儀式呢？實在是逼不得已呀！我是個早睡早起沒有夜生活，卻只有規律節奏的大齡女子。既然早起，就要做些什麼，例如吃早餐、散步、運動之類的吧！再加上深深喜愛早晨陽光，若要走在小路上尋找早餐店，需求是不會人擠人、沒有油煙味、地方寬敞、採光良好、空氣流通，再加上沒有用餐時間限制……種種條件之下，找了很久要不很遠，要不很貴，想想自己做為無限挑剔又機車的大齡達令，還是自己來吧！基於少生氣、不受氣的早餐原則，決定讓「神廚」出馬！電影《食神》裡最後周星馳說：「人人都是食神，只要有心。」

大齡的我，不養毛小孩，養些植物都因巡演或外地工作而自生自滅；我養的是我自己內在的每個角色，我培養內在小孩成為一位千變萬化的魔法師，每個角色都在我創造的小宇宙舞台中，盡情展現，合作無間。

回頭看自己的生活，自問：「這是出於孤單、寂寞嗎？還是出於對自己的好奇與探索？」因為每個內在都有千千萬萬個角色，每個角色都有衝動想要展現，但基於外在價值觀及社會眼光，無法一一浮現出來，所以，讓好多人對表演、對演員這個行業心生嚮往！然而，我那個不受壓抑的內在小孩，它的每個衝動，我都可以在為它創造的小舞台裡一一實現；小孩子玩耍、扮演，別人會說他是出於寂寞、孤單嗎？如果答案是否定的，為何大齡女子的內在小孩遊戲就要被定義成「那個」呢？

什麼對自己是「重要」的？

我愛這份了解——我要的是魔法鍊金師：內在小孩。

你呢？

達令美學

我相信，我有用心對待自己，
成為自己真正欣賞、喜歡的樣子。

「女為悅己者容」。身為女性的穿著打扮，總在出門前思索再三，反覆搭配。年紀愈輕則花費的時間愈少，T恤牛仔褲就能搞定，因為青春是最好的裝扮，活力是最強烈的顏色，驕傲肯定是上等珠寶，而且無價。衣櫃的衣服不用多，顏色以黑色、灰色、白色等為主，隨便怎麼穿都好看，出門可以三分鐘搞定吧！

而年紀漸增，穿著打扮花的時間相對就多一些，而且，考慮的也多了。例如：見誰？什麼場合？白天還是夜晚？單獨還是跟姊妹淘（因為姊妹淘常常相聚，品味及團購的結果，也會撞衫、撞色，甚至撞男友）?!有時要戴些寶石，讓自己珠光寶氣一些，因為年紀漸增，會造成皮膚呈現「焦黃」現象，這是《老化現象》這本書上寫的，必需要戴些寶石補補氣、化化妝擦個口紅，讓人看起來精神些，才能看來氣色紅潤、清爽優雅。

這時的女子，為的是誰打扮？是「自己」吧！

年輕的自己，可以狠狠地把他人看法拋之腦後，有種「我愛怎麼穿，就怎麼穿」的氣魄；褲子可以短到快露「×」，衣服可以緊到快爆裂，大人氣到快冒煙，路人爽看到天邊！

但，在大齡的階段，也一直秉持著愛怎麼穿就怎麼穿的率性，那可能就是他人風景中的災難了。

我喜歡坐捷運，欣賞著各種工作、各種年齡、各種身分的捷運客們，他們真是將捷運車廂當成了伸展台，如同模特般展現著今天的品味、心情及風範。捷運到站了，下了一批生活模特，又上了一批。而其中一位令人倒抽一口涼氣，這位大齡女子真是將風韻一息尚存的可能，給她那身花到伸手不見五指的裝扮，完全抹滅殆盡！仔細端詳，不僅內搭花、褲子花、外套花，頭髮更花！而且是不同風格的花樣，沒有衝突矛盾美，也完全缺乏統一感，只有一種勇敢——嚇人的勇敢。

我心想：她怎麼了？今天將衣櫃中的「花花世界」全穿在身上了？她已經不再取悅自己了嗎？還是這是取悅自己的方式？抑或是「品味」走鐘了呢？

女人進入大齡，就可以放任自己隨便過生活嗎？

進入大齡之後，似乎對很多事情、外在眼光、他人認同等等，就不應再像孫悟空的緊箍咒般，牢牢套在自己的頭上；即使出現，也很快就被「我現在都幾歲的人了」給擊退。活得更自在、隨意。他人的看法，隨便；社會規範，隨便；完全任我行地肆意活著（還要再加上交際吃喝，隨便；熬夜看劇，隨便）。原來，大齡時光可以如此隨便的生活，真是太過癮了！

然而，最後也可能中年發福、代謝不良，健康警訊立馬上身。為了這些「隨便」要付出的代價，身為大齡女子的我，還是不要那麼「隨便」好了。

大齡時刻，還可以當「達令」吧？

回到「女為悅己者容」這點，此時的長相、此時的妝容，都不能再推託給父母，不能再責怪政府了。而是我有「心」經營自己嗎？還是，在他人身上（家人、關係、未來）用心過度，而完全忽略了對自己用心？看著鏡中的自己：有白髮、有皺紋、有風韻、有屬於大齡的澄澈眼神；我相信，我有用心對待自己，成為自己真正欣賞、喜歡的樣子。

出門要穿什麼，前一天晚上會在腦中搭配一次；試想顏色、樣式合不合宜，順不順眼。早餐要吃什麼？也會在前一天晚上睡前塗塗抹抹時，腦中走一次流程。邊按摩邊享受與自己的親密接觸，好好照顧漫布風韻的臉龐，每次觸摸都對它充滿感謝。也想著如何吃頓豐盛營養的早餐，表達對自己的深深愛意；如何穿著打扮，才能展現屬於大齡當下的美好。

青春時期，總覺得自己一定是他人的可愛達令，也想成為萬人迷的達令，所以，學著當他人眼中的好情人，像公主一般，渴望著白馬騎士來高塔拯救我那望情的心。然而時光呀，歲月呀，與騎士達達的馬蹄不斷錯過，公主的渴望之心，依然沒變，變化的是已經成了「大齡公主」了。

大齡公主沒有時間再等待他人來拯救自己，所以決定自救，讓自己成為自己的「達令」吧！

自問，喜歡如何被對待：溫柔、細心？還是不在乎、無所謂、三餐問候？抑或偶爾記得？拿回對別人的期望，而開始用自己喜歡的方式對待自己。我不喜歡他人八卦、批評，我就先不去批評、八卦他人；我喜歡有啟發的對話，就先豐盛自己的內在，使言語有味；喜歡重承諾的朋友，我就先當個信守承諾的人；溫柔細心適合我，就先如此對待自己！

現在，大齡的我，是我的最佳達令。
大齡公主的騎士，一定不會再錯過。

不追求凍齡美顏、不執著窈窕身姿，花開與花謝都是風景，都是真實且值得被好好善待的自己。

真人實境楚門秀

為了成為真正的演員，
人得成為真正的人。

最近檢視自己的朋友圈，發現平均都是認識十五年起跳的，也有超過三十年的朋友；而這種朋友，我指的是可以一起聊天、談心，一起「深入對自己工作」的朋友。

什麼是深入對自己「工作」（work）？這種說法是來自「葛吉夫」認識自己的路程，必須努力去對自己下工夫。而葛吉夫也是我自己在三十而立之後，靈性內修上很重要的好朋友。

關於大齡真正的恐懼，我深深覺得是當自己發現身體逐漸頹敗、青春不再時，那份不安感所帶來的驚恐。而讓人想要重返青春的衝動，亦會日漸強烈，但生活中卻常常依然故我地不在乎暴食、酗酒、公主（王子）徹夜不眠的浪擲青春，於是愈害怕就愈墮落，愈墮落就愈害怕，直到「老」這個症頭來報到。

對青春年少的眷戀愈深、認同如磐石般堅固，當時間推移到大齡階段，總想凍住時光，不能被老擊敗。各式各樣的保養都紛紛出現在可能接收到的資訊中。從身體纖細窈窕，至臉部回春等等不一而足，而最近也出現心理保健等各式課程或節目，不管是飲食、心理都在有憑有據的佐證下，讓人們能夠安心地吃些對自己有幫助的食物；如果情緒上有過不了的關卡，更有專業人士可以諮詢。於是我們開始對吃進口中的食物更加謹慎，知道「病從口入」是有道理的，明白家中廚房才是保健的最佳場域，千萬別再將健康交給外面的廚房負責啦！社會食安新聞之報導，有助於大家警覺吧！但，健忘似乎較為強悍，這可以多吃好油幫助腦部神經的傳導，腦有蛋白質，需要澱粉，千萬別減錯肥，反應會變慢，會……抱歉，天馬行空去了。

回歸主題，首先，「好好吃」絕對是保持絕佳狀態的第一步。

其次，心理健康似乎在大齡階段更是必須坦然面對。以前好吃好睡，即使熬夜三天，一晚好眠就充電完成，但是現在則是熬夜一晚，三天補眠都無法充飽。所以，就容易唉聲嘆氣地感慨自己「老了」！甚至「失眠」也成了這個階段的主題曲，能好好睡便是健康人的高標成就（以前明明就是基本標），睡不著也想太多，躺著躺著想到自己怎麼還醒著，想著想著天就亮了，這種循環成了每天的小夜曲，重複提醒自己：「老了，花謝了，人生沒意思呀！」長此以往，心理狀態肯定不容易健康，結果身體就來個感冒、痠疼，佐證自己體力不佳、早晨無力的理由。去醫院掛號，找醫生聊個天，讓專業醫生開些維他命安慰劑，口頭讚賞一下自己身體很好、青春呷百二；果真是聽醫一席話，心就被熨得服服貼貼的，毛細孔像吃了人參果般舒暢。但，這心理安慰劑的療效也只能維持一段時間，直到下一次再去「看醫生」……

那個內在說不清、道不明的「小聲音」呢？那個一直需要向內探求、等待被理清的聲音，又是什麼呢？

我也是在三十而立開始向內深刻去看見那個不認識的自己。可是，這樣的心靈需求，又沒有證據可以表示它確實存在，只能從現存人生事件中的裂縫，尋找可能的資訊及答案。或許因為職業的關係（表演工作者），總在有些書籍中得到蛛絲馬跡的線索，似乎「演員」這個行業與心靈內在的整合有著某些關聯。但又無法言說，因為它不科學、太神祕、太隱諱，所以只能默默練功啦！

莎士比亞的《皆大歡喜》有段話大家是耳熟能詳的——「世界是個大舞台，而我們都是台上的演員，扮演著各種角色。」如果真是如此，那就表示我在台上是清醒知道自己在扮演某個人物，而在人生的舞台上呢？我也能如此清醒知道自己每一次扮演的角色嗎？扮演得理想嗎？那在現今大齡階段，我又要怎麼扮演「她」呢？是時間的受害者——讓我憂鬱讓我老？還是生化科技凍齡人——保持千年老妖姬百年的姿容？抑或是心靈績優股——鶴髮童顏反璞歸真臣服者？

我那些大齡朋友們，無論是中年大叔、大齡姊姊，似乎在各自的人生舞台都找到了現階段的角色定位，並且重新編寫著超棒的人生劇本。或許是色衰體弱的關係，不再有能力向外追逐社會的價值與認同，也或許是演夠了之前的苦情角色，想來個大逆轉的喜劇路線。重點是：要開心要全然地活出新角色的人生呀！（至於新角色的演員功課，更是來自那個自己未曾見過的部分：搞笑、神經、練肖話之類的，或是活潑、熱情、愛撒嬌，這部分的發現及擴張，都來自於對自己有深入的「work」。）

大齡這個角色對我而言也很新鮮，我會好好做我新角色的功課：除了角色本身的嶄新定位之外，還有人際網絡的重新建構（要有一定數量的少年家），心理狀態、心靈探索、財務、健康等等，都必須不同於以前的思維，並且努力保持最佳狀態到離世的前一天；這些都超越我以前的經驗值。

「為了成為真正的演員，人得成為真正的人。一個真正的人能夠做一個真正的演員，而一個真正的演員能夠做一個真正的人。」——葛吉夫。

我想做一位真正的人，也要做一位真正的演員。
無論是在舞台上，或是人生的舞台上，我都如是想。
捧油們呀！來玩場真人實境秀吧！

戲後人生，不完美卻足夠完整的大齡女子，透過最自然的笑容撫慰生命；從不與「老」對抗的我，才能讓溫柔汩汩長留心中。

剛剛好

食品製造者要賺大量的錢，消費者熱愛便宜又大碗，當錢有人賺到了、便宜有人撿到了，唯一損失的，就是健康。

前兩年回劇團排練，學妹忽然問道：「學姊，你還記不記得，二十幾年前你曾買過一顆一百八十元的高麗菜？」我聽得都傻眼了。

二十幾年前我也是個文青妙齡女子，錢少少、腰瘦瘦，但氣焰高高的狀態，口袋裡的錢付房租是剛剛好。我竟然這麼大膽買顆一百八十元的高麗菜?!我到底是在想什麼?後來仔細回想，原來我買的是當時還未普遍的「有機蔬菜」，在田地裡要長很久很久的那種。這樣的蔬菜能夠將土地中的微量礦物及養分，慢慢吸收進植物的細胞裡，而買者也就購得營養較完整的食物，甚至不灑其他化學物質，讓蔬菜健健康康依照自己的速度長成該有的樣子（怎麼說得好像人一樣的理想狀況呀）！而這種蔬菜的能量飽滿，只要吃少少但就吃飽飽了。

如今食安問題一一爆發，劣品油、基因改良食物、蔬菜農藥殘留量太高、刺激民眾大量吃肉（瘦肉精）、牛奶三聚氫氨、海鮮重金屬加輻射……幾乎所有食物都中標，無一倖免。所以有機農業開始如雨後春筍般發展起來，大家對於「吃的意識」才開始萌芽，願意買顆八十元或六十元的高麗菜，消費的增加也會有助於價格下降。我終於被認為是「吃」的先知（好像不太高級喔）！包括面對油、奶、肉類，也因為早有相關健康訊息提醒，而進一步力行換油、不奶及少肉了。因為關心，所以對於各種資訊自然就會多所注意。當我以前告誡朋友這個不能吃、那個不要碰，他們都建議我去吃光好了（最近，我真的在研究這個吃光派與道家的關係），現在卻回頭肯定我當時的堅持，直說都被我預言中了。因此，我成了朋友眼中「吃」的預言家。現在，關於吃的安全性，她們會聽聽我的意見，選哪一家安全？吃哪種食物健康？於是，我又成了他們眼中食安的石蕊試紙啦！

我對各種食安討論的出現，心中充滿感謝。想想以前，早餐、午餐、晚餐幾乎都在家裡吃，一日三餐都是媽媽（或廚房的主廚）在把關，因為是家人、因為愛，一定要健康長大是基本原則，所有的煮食都以營養為前提。但是，漸漸地，外食比例增高之後，幾乎所有食品製造者都要賺大量的錢，而身為消費者的我們熱愛便宜又大碗，彼此產生一種共生結構，錢有人賺到了、便宜有人撿到了的循環之下，唯一損失的，當然就是健康（醫院也因此生意興隆，財源廣進）。

大齡之人，最愛逛遍各大醫院，找出讓自己不舒服的原因。當健檢一切正常，為了慶祝又去大吃大喝一頓，繼續當老外（外食者）。當身體在某個無法承載那些無意識的亂吃暴食之後，乾脆直接爆裂開來（生大病），回應我們平時對它的虐待。因此，口腹之慾是大齡健康頭號殺手。觀察到這點，我讓自己力行「減法生活」，所有生活習慣都奉行「一半」原則，才能維持剛剛好的平衡：吃一半、睡一半、跑一半、賺一半、戀一半、愛一半；歲過一半，再不聽話，命只剩一半！

如果能在現今有意識地注意健康與飲食的密切連結，肯定能經營出舒服自在、接受老化的中年。而像我這款太早意識食安問題的人，總是孤單的，因為會被認為不懂享受青春大把灑、大吃大喝的快意人生。但我為何對「吃」如此敏感呢?唉!簡而言之,從小是過敏體質,易發燒、吃的食物不對就立刻腫得跟豬頭一樣,連頭痛服下半顆阿斯匹靈,都差點因藥物過敏要了我的命。所以,我便開始很有意識地去尋找對的食物,讓我的身體不生氣、不抗議。

大齡的我,目前身體還算平安、開心,也因為早早就非常愛惜身體這個神聖的殿堂,不敢造次,並時時勤打掃,不想惹塵埃。而在我的用心照顧之下,它也不斷回報我活力、能量與靈敏輕盈的狀態。

我明白肉身老化是必然歷程,早早就對「食」有意識,實在是因為它太直白地告訴我,吃什麼可以開心,吃什麼會受傷(過敏、不適應)。而我與身體的相處是合作無間且愉快的,彼此互相尊重及配合。當大腦有時想大吃一頓,我就會先告知身體,我要準備吃大餐、會晚睡會喝酒,請你配合一下,但如果你會不開心,我就乖乖回家（怎麼好像愛人呀）。因此，我養成了與身體溝通的習慣（好奇是說出還是心電感應嗎？都有啦），所以無論是工作時間太長、晚睡早起、朋友聚餐唱歌、燒聲賣藝，或是偶爾小酌看影集、睡倒沙發，都會先請示身體廟堂，請見諒我偶爾放肆的靈魂吧！

以前的我，常常被無肉不歡的朋友笑不懂人間美味，不知牛肉多鮮（痛）、豬肉多甜（哭）、雞肉多嫩（苦）、羊肉多羶（噁）、魚多新鮮（放生）！然而，現在他們也走上蔬食少肉的道路。不是因為我的影響，而是年紀到了，身體抗議，無法負荷了。我學著不用烏鴉嘴的方式活在世上，不用恐嚇的口吻告訴朋友這個很恐怖、那個很可怕來提醒大家，而是以身作則，先讓自己好好吃、好好生活，好好說話、好好待人，好好愛惜自己進而好好愛惜一切。因為我相信大齡是最好的階段：身體剛好、智慧剛好，成就不高只是剛好。甚至看待世界也平衡得剛剛好，包容意見也表達自己，愛護自己也善待他人，不忮不求、不卑不亢，如此大齡，怎能不好？

搖籃中的清單

這世代的我們是幸運的，最起碼好好地活著；將生命清單逐一寫下，也理解了自己來到世上，是如何走到現在。

終有一天，我們會被放置在廢柴老人無法回收資源區，這區真是令人沮喪呀！不然換個說法，人終究回歸一坯黃土，唉！好像也不會令人愉悅；那就直白地說，人終將死亡翹辮子，兩腿一蹬、駕鶴西歸，去蘇州賣鴨蛋（為何去蘇州？）。無論哪一種言論，所有直白、曲折、婉轉、隱喻、轉借等說法，都是對於「死」這個字的避諱，孔子也說「未知生，焉知死？」，即便談到死，仍要來用「生」來擋駕。

大齡階段來臨（或許更早），人對於「死亡」就存有愈來愈濃厚的疑問。不論從醫學、哲學、科學、靈學各種角度切入，都不如自己走一遭。但即使是有瀕死經驗，曾在鬼門關前晃一圈，也只能純屬個人故事而已。但是，迫在眉睫的五〇以後，不得不認真思考，關於「死亡」、「別離」、「遺憾」、「遺產」等等可能的後續問題。這些是之前就可以一一處理，減少自己懊悔與製造麻煩的「必要之惡」（因為許多人還是很厭惡別人提到死亡）。

日本作家吉澤久子，在六十六歲開始獨居，活至今日近百歲，她鼓勵在人頭腦清醒時就立遺囑，如此可以活得更安心。我也這麼覺得，況且我四十歲就獨居、無子、單身至今，更要深入思考「立遺囑」之必要。

記得有一次我泡澡泡得渾然忘我，正享受芬多精入浴濟帶來的嗅覺體驗，與水溫熱浸潤每個毛孔的觸覺歡悅中。此時手機響起，打斷了我的泡澡時光，我全身濕漉漉快速走到客廳準備接電話，卻一屁股跌坐在大理石地板上！頓時心中一陣涼，不禁想：糟糕，怎麼不小心滑倒了，是裸體耶！如果救護車來，讓人看到我光溜溜的不太好吧（哈！有偶像包袱的我，第一時間想的居然是這個）。後來常常回想這件事，總覺得自己太不小心、太急卻了，有什麼電話需要賠上老命非接不可呢？所以那次教訓我始終銘記在心，動作要慢、家中地板水要擦乾，沒有什麼緊急的事比安全更重要。當然，也曾閃過若就此 bye 了，好多事都尚未交代清楚，一定會給家人造成麻煩，也有可能成為社會新聞——「老藝人王玥，獨自在家中死亡，赤身裸體數週才被×××發現……」（天哪，爸、媽我上社會新聞啦！他們應該不會覺得很光榮吧！）所以「立遺囑」的想法自此之後，便逐漸在我心中萌芽……

如果「死亡」是人生旅程的下車終站，那麼「遺囑」就有點像旅程中的禮物清單。房子（如果有）要如何處理？賣掉或是過戶？錢（如果有）要成立基金會嗎？交給誰運作？或是乾脆讓親友分一分？衣服、鞋子（一定有）要留給誰？或是二手贈出？書（一定有）又要留給誰，或是同樣二手贈出？3C產品可類比衣物如法炮製，至於照片、書信，誰不怕麻煩回憶我就留下，或是打包燒給我也行（不是燒錢歐）！「獎座」呢？嗯……真的很無用，留著占空間，秤斤論兩也不值幾個錢，資源回收桶不知收不收呀！

好像禮物清單寫一寫，似乎人生也沒有太多累贅之物，發現自己不大買珠寶鑽石（覺得自己就是，哈），不買名牌衣、包、鞋、錶（覺得自己就是，哈），不買車

（因為不會開），不買股票、保險（覺得不保險，會騙人）。理一理自己的人生，真的有點不太正常，也太不在意社會主流價值了吧！

可能因為這樣，所以我沒有被他人創造的需求綁架。例如：更年期要補充荷爾蒙，我認為食物自然就有，尤其人生花開有時，花謝亦有時，四季運行，順隨自然吧！

而健康反而是本質，保持運動、心神健全愉悅，不透過保險來付可能用不到的錢，但萬一生病了怎麼辦？第一，生病與老化不同，想不生病就要問問為何生病，我是如此思維的（真是怪咖），找到源頭（因），而非疲於奔命上醫院解決（果）。老化是自然現象，生病是生活習氣造成的結果。當然，也有其他可能，只是活到中年的現在，真心覺得如果不全然對自己的身、心、靈負責，最後當樂齡老年來到時，就更沒有力量了（外在身體或是內在的自我覺察），會變成整日找別人麻煩，討愛、討拍、討人厭；或者回過頭找自己麻煩，覺得身體坐也痛、躺也痠、走不動又睡不著，不然乾脆來個什麼都忘光光，最好。但，這是全世界人的煩惱吧！

這世代的我們是幸運的，最起碼活著，而且還好好地活著。當清單寫一寫，也釐清了自己是如何走到現在；或許，清單上並沒有太多東西可以留給家人朋友，最起碼想到美好的相處、回憶的點點滴滴，嘴角是上揚的，並且說一句：「這個人真率性，活得自在，走得輕快。」

痛快！哈~希望不是親者痛，仇者快（快閃）！

藝饗・時光 1

只要心中還有溫柔就好

你的認同與我無關，王琄最勇敢的大齡宣言

作　　者：王琄
選書責編：張桓瑋
國際版權：吳玲緯・蔡傳宜
行　　銷：艾青荷・蘇莞婷・黃家瑜
業　　務：李再星・陳美燕・枡幸君
副總編輯：林秀梅
編輯總監：劉麗真
總 經 理：陳逸瑛
發 行 人：涂玉雲
出　　版：麥田出版　城邦文化事業股份有限公司　104 台北市民生東路二段 141 號 5 樓
電　　話：（886）2-2500-7696　傳真：（886）2-2500-1966、2500-1967
發　　行：英屬蓋曼群島商家庭傳媒股份有限公司城邦分公司　104 台北市民生東路二段 141 號 2 樓
書虫客服服務專線：（886）2-2500-7718、2500-7719　24 小時傳真服務：（886）2-2500-1990、2500-1991
服務時間：週一至週五 09:30-12:00・13:30-17:00　郵撥帳號：19863813　戶名：書虫股份有限公司
讀者服務信箱 E-mail：service@readingclub.com.tw　麥田網址：http://ryefield.com.tw
香港發行所：城邦（香港）出版集團有限公司　香港灣仔駱克道 193 號東超商業中心 1 樓
電話：（852）2508-6231　傳真：（852）2578-9337　E-mail: hkcite@biznetvigator.com
馬新發行所：城邦（馬新）出版集團【Cite（M）Sdn. Bhd.】
41, Jalan Radin Anum, Bandar Baru Sri Petaling, 57000 Kuala Lumpur, Malaysia.
電話：（603）9057-8822　傳真：（603）9057-6622　E-mail: cite@cite.com.my
美術設計：雅堂設計工作室
印　　刷：沐春行銷創意有限公司
2017 年 7 月 27 日　初版一刷　定價：350 元　ISBN 978-986-344-476-3

城邦讀書花園 logo

國家圖書館出版品預行編目（CIP）資料

只要心中還有溫柔就好：你的認同與我無關，王琄最勇敢的大齡宣言 / 王琄作. -- 初版. -- 臺北市：麥田，城邦文化出版：家庭傳媒城邦分公司發行，2017.07

面；　公分. -- (藝饗・時光；1)

ISBN 978-986-344-476-3(平裝)

855　　106010374